求索师韵

师者，人之楷模也。师德，人师之魂也。

教师是品行之师。立德树人是教师的神圣使命。

《三峡大学报》优秀作品选

主　编　简邦俊　张丽超

副主编　易　娜　袁丹丹

光明日报出版社

图书在版编目（CIP）数据

求索师韵：《三峡大学报》优秀作品选 / 简邦俊，张丽超主编．-- 北京：光明日报出版社，2016.9

ISBN 978－7－5194－2047－5

Ⅰ.①求… Ⅱ.①简…②张… Ⅲ.①新闻报道—作品集—中国—当代 Ⅳ.①I253

中国版本图书馆 CIP 数据核字（2016）第 233346 号

求索师韵：《三峡大学报》优秀作品选

主　　编：简邦俊　张丽超

责任编辑：曹美娜　　　　责任校对：赵鸣鸣

封面设计：中联学林　　　　责任印制：曹　净

出版发行：光明日报出版社

地　　址：北京市东城区珠市口东大街 5 号，100062

电　　话：010－67078251（咨询），67078870（发行），67019571（邮购）

传　　真：010－67078227，67078255

网　　址：http：//book.gmw.cn

E - mail：gmcbs@gmw.cn　caomeina@gmw.cn

法律顾问：北京德恒律师事务所龚柳方律师

印　　刷：北京天正元印务有限公司

装　　订：北京天正元印务有限公司

本书如有破损、缺页、装订错误，请与本社联系调换

开　　本：710×1000　1/16

字　　数：151 千字　　　　印　张：13

版　　次：2017 年 1 月第 1 版　　　　印　次：2017 年 1 月第 1 次印刷

书　　号：ISBN 978－7－5194－2047－5

定　　价：39.00 元

代 序

师者，人之楷模也。师德，人师之魂也。三峡大学党委宣传部的同志们把近几年涌现的师德师风典型汇成一册，以彰师德，我以为十分必要。书稿以通讯的体例、纪实的文字、生花的妙笔记录了三峡大学教师的师德典范和师风神韵。老师们把故事书写在三尺杏坛和田间地头，展示了立德树人的动人风采。细细品味，耕耘有声；掩卷凝思，心潮涌动。这是促进师德师风建设的一笔宝贵精神财富，是繁荣校园文化、促进精神文明建设的又一可喜成果。

为了深入贯彻《高等学校教师职业道德规范》，弘扬高尚师德，展示人民教师无私奉献的精神风貌，树立先进典型，发挥模范人物的示范、导向和激励作用，学校近年来陆续开展了诸如师德标兵、十佳班主任、十佳辅导员等一系列评比活动，在评比过程中涌现出了一大批可歌可泣的人和事。他们兢兢业业，求索奋进，为学校的发展贡献着自己的一份力。在这本由党委宣传部从 2014 年至 2015 年《三峡大学报》上精选出的优秀作品汇编而成的集子里，我看到了三峡大学教师和科研工作者们对三峡大学教书育人、科研服务的一片赤诚，看到了他们在教学、科研、学工一线的靓丽风采和昂扬向上的社会主义核心价值取向，更看到了三峡大学教育事业的勃勃生机、无限活力和希望。

教师是品行之师。立德树人是教师的神圣使命。习近平总书记指出："师德是深厚的知识修养和文化品位的体现。师德需要教育培养，更需要老师自我修养。做一个高尚的人、纯粹的人、脱离了低级趣味的人，应该是每一个老师的不懈追求和行为常态。好老师要有'捧着一颗心来，不带半根草去'的奉献精神，自觉坚守精神家园、坚守人格底线，带头弘扬社会主义道德和中华传统美德，以自己的模范行为影响和带动学生。"这一论述，深刻阐明了高校师德建设的重要意义。《求索师韵》收集的都是关于学校师德师风、科学研究和社会服务方面的优秀作品，阅读这些文章，既可以感受教师们的先进事迹、闪亮业绩和感人故事，又可以汲取创作的源泉、学习新闻写作的技巧。这些事迹和典型让人可亲、可敬、可学、可师。

值此，本书即将付梓出版的机会，我衷心期望全校教职员工以书中的优秀教师为榜样，见贤思齐、择善而从，激发干劲、鼓舞斗志，立足本职、爱岗敬业，与时俱进、开拓创新，秉承求索校训精神，努力在实现三峡大学教育事业又好又快发展的生动实践中，挥毫写下自己浓墨重彩的一笔。

"路漫漫其修远兮，吾将上下而求索。"愿《求索师韵》一书能够化作一座熠熠闪光的航标，指引着全校教职员工以强烈的责任感和主人翁意识更加充满信心和斗志地投入到三峡大学的建设和发展中来。

三峡大学党委书记 李建林

2016 年 6 月 6 日

目　录
CONTENTS

第一篇 01

心有大爱铸师魂

前行的指路明灯

——记三峡大学第七届“师德标兵”贾国梅

彭羽 郑涵文 刘帧迷

她是路标，带我们走过无数的迷惘与彷徨；她是画笔，引领着我们描绘出一幅幅人生的蓝图。她就是贾国梅，三峡大学生物与制药学院生态学老师，博士，副教授，硕士生导师，三峡大学“151”学术骨干，归国留学人员。

贾国梅认为科研是教学的基础与保证，所以她将大部门的业余时间都用于科学研究，经常工作到深夜。即使春节期间，也只给自己放三天假。她经常利用业余时间阅读大量的国内外文献，关注学科发展的前沿动态，努力保持、提高自己的科研能力和业务水平。自攻读博士以来，贾国梅以第一作者发表在 SCI 期刊上的论文就有 4 篇，其中一篇被引用次数高达 86 次。2007 年，她参与的项目“陇东子午岭森林生态系统服务功能研究”获得庆阳市科技进步二等奖。她曾主持过湖北省教育厅重点项目，也参与了 4 项国家自然科学基金，现主持着湖北省自然科学基金 1 项。

在教学上贾国梅总能让每个学生感受到她的活力与热情。在同学们眼中，听她的课就是一种享受。她总能用自己的热情点燃同学们对知识的渴求，用自己的幽默让枯燥无味的理论知识变得生动，不经意间就让知识牢牢扎根于学生们的脑海。贾国梅说："真正的教育是心心相印的互动，唯有从内心发出来，才能传达到心灵深处。"她每次备课都做到详尽、细致，在进入课堂的第一时间，则会以朋友的身份在课堂上与学生进行知识的交流和讨论。除了课堂教育之外，贾国梅还经常在课下与学生交流，倾听学生的意见和心声，征求学生对自己教学方面的建议或要求。在她的努力下，她的课堂的出勤率总是很高，还会吸引许多其他专业的学生来旁听。

"爱是教育的基础，没有爱就没有教育。"贾国梅如是说。她也用自己的行动践行着自己的理念，让每一次关心、每一次安慰如同春雨一般，滋润了学生的心田，叩开了学生的心扉。在生活上，她尽自己最大的努力去帮助每一个学生。不管是哪方面的问题，只要学生愿意，她都乐意当学生最好的聆听者、开导人。她从来不摆老师的架子，以朋友的身份对学生进行正确的引导。在指导学生就业时，由于担心学生因遇到挫折而产生心理上的问题，贾国梅亲自引导学生积极主动就业，学会推销自己，敢于表现自己优秀的一面。她经常告诉自己的学生："你能站在那么多成功人士面前展示自己的实力，应聘成功与否，都是一种磨砺和体验，是自己成长历程中宝贵的财富。"在学校组办的大型招聘会上，她常和学生一起参加，先跟用人单位进行基本的沟通，了解情况，然后再让学生有目的地参加应聘，力争让每个学生都可以找到自己满意的工作。

"过去不能代表现在，现在也不能说明将来。"贾国梅从来都不提自己是多么优秀，不提曾经的辉煌与荣誉，在她的心中只有一个理念，那就是任何时候都要从眼前做起，搞好教学，做好科研，多出成果，多培养优秀的生态学人才，让每个学生都可以走出自己辉煌的人生。

（本文发表于2014年1月10日《三峡大学报》2版）

人心不可像机械一样冷

——记三峡大学第七届“师德标兵”郑小玲

金潇　方泽衡　张泽宇

“培养的学生是有血有肉的，它不像实验室里的机械器材，冷冰冰的，没有一点温度。”出生在教育世家的郑小玲对教师这份职业有着特殊的感情，她从小就许下愿望，要像妈妈一样当一名出色的老师。

爱是教学的基础，更是教书育人的动力。数十年的教学生涯里，她把一些看似简单的事做得不简单，以其独特的人格魅力和母亲般的爱，深深地影响着一批又一批学子，温暖着每一个学生的心灵。

1982年，她来到三峡大学任教，至今已度过31个年头。在这段青葱岁月里，她担任过《起重运输机械》《理论力学》《机械原理》《机械设计》《机械设计基础》等课程的主讲教师和三峡大学《机械设计》精品课程负责人。“年轻的时候胆子大，教了好多门课，大部分都是自学的，那时候的劲儿可足了！”谈到任教的经历，她脸上洋溢着幸福的笑容：“我当时备一堂课要花好长时间，每次都要查阅很多书籍，要把这方面最先进最完整的知识点都找出来，熟记于心。

只有把最好的东西教给学生我心里才踏实。特别有印象的是，当时班上有部分学生钻研心很强，有些问题我在课堂上无法解决，只能在课后请教资深教师，共同探讨，直到真正弄懂了原理。”

“读书修身”，这既是郑小玲勉励学生的话，也是她自勉的座右铭。她认为结合专业的读书是修身立业的重要途径。同时，翻阅一些文学、哲学书籍，对于思维能力和语言表达能力的提高有很大帮助。郑小玲告诉记者，她曾经组织过一系列读书比赛，通过撰写读后感的形式来较量谁读书最丰富最有成效。当时这个活动很受欢迎，充分调动了学生阅读的积极性，学生的语言文字能力得到了锻炼。她说：“我自己也受益匪浅。”

认真备课、把课上好，是一位老师的必备素质。只有讲得好，才有吸引力，学生才会更认真地学习，才不会厌学。上课出勤率、课堂效率的决定性因素在于老师本身。她强烈的事业心、责任心，体现在她为自己制定的一个标准：要做一个善于思考的师者，不做广种薄收、低效弱能的匠人。

在学生眼里，她如母亲一般，无微不至地关爱自己的学生，以心交心，把学生当孩子。曾经有一个女同学，由于基础较差，在毕业答辩回答问题时感到紧张害怕，她敏锐地察觉后，走上前拥抱了她一下，在她耳边轻声细语地鼓励她。在老师的激励下，这位女同学顺利地完成了毕业答辩。

“我在开学报到的那天，热情迎接班上的每一位新生、每一位家长，积极地与他们交流，尽可能地了解每个孩子的特点。”她回忆起曾经担任班主任时的点点滴滴，感慨万千：“我带的班级都很优秀，都获得过全校‘十佳班级’的荣誉称号。他们很珍惜这积极上进、友爱温暖的集体。毕业多年了，许多学生在工作上、生活上有什么烦心事时都愿意和我唠唠，虽然过去十多年了，但我依然能准确叫出每个人的名字，记得他们的家人。”

“我站了一辈子的讲台，我很幸福，不仅从事了自己喜欢的职业，还得到了那么多学生的认可！”

（本文发表于2014年1月10日《三峡大学报》2版）

讷于言而敏于行

——记三峡大学第七届“师德标兵”谢晓艳

李柄宏　马楠　徐威

每周周二和周四的早晨6点，总会有一个老师的身影准时出现在校中心体育场上，带着她的学生们出早操，无论春夏秋冬。她就是体育学院跆拳道老师——谢晓艳。现在，作为三峡大学跆拳道队的指导老师，她带领三大跆拳道队在2010至2012年全国各项大学生跆拳道比赛中已斩获奖牌100余枚。

作为2013级社会体育专业的班主任，在谈及有关“人生目标与动力”这一话题的时候，谢晓艳的脸色显得较为凝重。她认为：“作为新生就应该拥有自己的目标，不能迷惘，无论是长期规划还是短期安排，总得有一个！”谈到她自己时，她真切地答道，虽然她的经历有过许多次偶然，却从未有过迷茫。

她曾经是四川省省队运动员，关于这一段经历，谢老师回忆道：“在省队的训练强度是非常大的，运动员经常要在身上带些轻伤的情况下仍然咬牙坚持，继续自己的训练。在每次跑完近万米的路程已经累得喘不过气来的情形下，教练还要求着冲刺四百的训练。”当被问及省队的训练会不会让自己感到气馁与委屈时，她却微笑着答道：

“能吃的苦就不叫苦。”

作为跆拳道老师，从 2008 年任教至今，她一直秉承着“以德立身，育人为本”的教学理念，在跆拳道精神“礼义，廉耻，忍耐，克己，百折不屈”中，始终将“礼义”放到第一位。“她教会我的，不仅是如何打跆拳道，而更多的是一些做人的道理。比如说，在跆拳道的礼仪学习方面让我学会了尊重对手，在训练所遇到的苦累面前让我学会了隐忍与坚持，在她对各个招式的高要求之中，我体味到了‘千里之行，始于足下’……”她的学生真诚地说道。

对于她的很多学生来说，谢晓艳给他们的感觉是又爱又怕，爱是因为她与生俱来的亲和力，怕是因为担心训练不到位会让她感到失望。一直以来，她期待着自己的每一个学生今后能够在各自的领域里做一个内心强大的人，通过体育训练，锻炼其身心，学有所成，学以致用。

她在生活中是一个能动能静的人，平时的兴趣爱好除了跆拳道外，还会参与乒乓球、羽毛球等项目。她热爱运动，也同样对艺术性质的东西有着浓厚的兴趣。一次陪父母去老年活动中心时，遇到了“鄂西第一人”的国画大师。这一次的偶然相识，让她对国画产生了浓厚的兴趣，俗话说“兴趣是最好的老师”，从此谢老师便开始了对国画的学习。她谦虚地说：“现在才是开始，画得还不够好，等到真正有了满意的作品时，会展示给大家看的。”她对国画有着自己的认识，她说：“要练好国画首先要写好毛笔字，做什么事儿都要有着基础性的准备，基础打好了，学东西的进程也就快得多了。”

她是一个深夜驾车送学生去车站的老师，她是一个时常要求学生多去图书馆的体育老师，她是一个把自己的新裙子送给学生的老师，她是一个在学生比赛前亲自为学生熬汤送药的老师……子曰：“其身正，不令而行。”这样一个时刻用言行去鞭策自己的老师，总是让学生们“又怕又爱”。

（本文发表于 2014 年 2 月 20 日《三峡大学报》2 版）

仁心仁德暖人心　师者风范好老师

——记三峡大学第八届“师德标兵”戴迟兵

张丽超　王春双

一袭白大褂，脚步稳重而矫健，日复一日，奔波于病房和教室，他是病人眼中的好医生，更是学生心中的好老师。他就是三峡大学第八届师德标兵——三峡大学仁和医院戴迟兵老师。

戴迟兵，中共党员，三峡大学仁和医院大内科主任、内科教研室主任、消化内科主任、医学博士、副教授、副主任医师、硕士生导师。自从进入三峡大学仁和医院工作以来，他就承担着治病救人和教书育人的双重任务，先后于2008年、2013年、2014年被评为三峡大学“优秀教师”，多次被评为三峡大学仁和医院“优秀共产党员”，所在科室也多次被评为“优秀科室”。

用真心教学　树师长风范

戴迟兵博士从事教学工作10多年来，承担了本科生、留学生、硕士生等各个层次学生的教学工作，讲授诊断学、内科学、传染病学等多门课程。在教学活动中，他十分注重给学生提供学习指导，解决学生在学习过程中的难题，教学内容不局限于书本知识，更是将医学前沿动态、科研中的有趣现象以及医学的未知领域讲给学生听，让学生心生好奇，引导他们去探索，坚定学生们学医的信心。

留学生教学是戴迟兵日常教学的一个重要组成部分。起初，由于教学对象都是外国学生，语言沟通上有障碍，教学质量受到很大影响。戴迟兵发誓一定要过语言关，让学生对于自己的教学能够“零障碍”地全部吸收。他通过努力一次性通过了三峡大学外语教学试讲，成了首批外语医学教学老师。

有一个叫大山的印度留学生，诚恳好学，对学医有着深切的热爱。戴迟兵发现他的好学后主动对他进行帮辅。课堂上不能理解的知识点，戴迟兵总会把他留下来单独为他讲解，直到理解为止。临床见习时，戴迟兵带着大山查房、上门诊、做胃肠镜，随时答疑解惑，不厌其烦。简单的一个问题，戴迟兵总会从中教会他更多的东西，一次次地放弃自己的休息时间，帮助他完善知识体系。后来大山回国后，特地发来邮件感谢戴迟兵，因为他一次性通过了本国的执业医师考试。

在教学训练中，戴迟兵还负责指导青年教师的教学。他总会定期组织青年教师进行集体备课，检查他们教学活动的开展情况，帮助老师们修改课件，分享教学经验，增强他们临床教学的信心。由于见习、实习的留学生较多，而在临床上留学生与病人的交流存在很大困难，戴迟兵要求老师们要不断提高英语教学水平，对他们的英语口语进行定期测试，以提高留学生教学水平。

由于临床工作繁忙，戴迟兵总是备课至深夜，备好课后又在科室内反复试讲，让其他老师找问题、挑毛病，然后再到课堂授课，为年轻教师树立了榜样。

用真情育人　视学生为朋友

在教学过程中，戴迟兵始终将育人作为教学的首要任务，不仅要提高学生的专业素质，更要提高学生的品德修养，完成由学生到医生的角色转变。他将为学生提供良好的医德导向、正确的价值观作为课堂教学的重要内容。戴迟兵经常爱说这样一句话："要有高尚的品德才能成为一名好医生。即使医疗技术水平再高，没有良好的医德，也不可能成为良医。"戴迟兵以身作则，病人送来的红包从不要，不能当面拒绝的，也会悄悄充到病人的住院费里，而且总是尽可能为病人开物美价廉的药来缓解他们的痛苦。因此，戴迟兵和他所在的科室经常收到患者送来的锦旗和感谢信。每每看到这些，他总会告诉学生："病人的健康和他们发自内心的感激就是医生收到的最好的礼物。"

自 2012 年指导研究生以来，已有 3 名硕士研究生跟随他学习。每当学生到院外其他科研机构进行科研项目调研，戴迟兵除了联系科研机构和指导老师、帮助学生解决住宿问题、提供研究经费外，每个月还为学生们提供补助金解决他们生活上的困难。一个叫杨艳华的研究生，一直跟从戴迟兵进行课题研究，却因需在外地进行科研而在心理上存在诸多顾虑。戴迟兵主动对她进行心理疏导，并自己出资为其解决生活困难。杨艳华同学在戴迟兵的帮助下，顺利来到武汉市协和医院实验室做课题。"让学生热爱医学，培养学生科学严谨的思维，为医学事业而努力奋斗，是我作为临床教师最大的快乐。"戴迟兵这样说。

有一次，一位留学生生病，大便带血。从事消化内科专业的戴迟兵亲自带他去检查，帮他开药，对他悉心照顾，并帮他支付了医药费。学生为此深受感动，感慨道："在异国他乡也能感受到亲人般的温暖，太感动了！"

用真诚服务　用医术回报社会

2003 年非典爆发时，戴迟兵自告奋勇走上宜昌市抗击非典一线，并始终站在抗击病毒的最前沿，从不离开，不分昼夜地工作、细心周到地服务，最终圆满完成了抗非任务。

2009 年夏天，几十名美国中学生来宜昌三峡大坝旅游参观，其中一名学生突发高热，疑似甲流感，需要医疗队参与隔离。在医院接到市政府通知后，戴迟兵主动参加发热患者的隔离工作。隔离期间，他对学生们无微不至的照顾获得美国中学生的一致好评，并获得了市政府嘉奖，又一次圆满完成了市政府交办的任务。

作为三峡大学的一名教职工，戴迟兵经常参与学校送学术下乡活动。自 2012 年以来，他数次参与学校及医院送科技下乡活动，并结合湖北省“万名干部进万村入万户”活动，为远安、长阳、秭归、枝江、龙泉、鸦鹊岭等宜昌周边县市区提供免费医疗咨询、诊疗活动，并针对伍家岗区社区不定期开展医学健康教育、咨询，普及医学健康知识，为老百姓提供医疗服务，建立了良好的医患关系。无论路途遥远、环境艰辛，戴迟兵始终坚持下乡。基层医生很难接收到最新的医学动态，戴老师就经常为基层医生讲课，提高他们的专业能力。戴老师用精湛的医术、耐心的态度、高尚的医德回报社会，总能给基层人们带来温暖。

行医治病，以德服人；教书育人，以德树人。戴迟兵始终坚持在医学的道路上踏踏实实工作，在教育的事业上兢兢业业育人，一路前行，桃李芬芳。

（本文发表于 2015 年 10 月 15 日《三峡大学报》1 版）

成就学生就是成就自己

——记三峡大学第八届“师德标兵”王俊英

李瑾　邓君玲　王宁

蓦然回首，王俊英老师已经在三峡大学工作了 20 多年。她 1993 年毕业于北京师范大学，后一直在三峡大学任教，期间取得了北京师范大学教育技术学硕士学位、华中科技大学模式识别与智能系统工科博士学位，现任计算机与信息学院数字媒体技术专业负责人。她是我校第四届“十佳班主任”，也是我校第八届“师德标兵”，这些荣誉的取得源于她对教育事业的孜孜不倦，源于她用心成就学生的那份热忱。

是良师亦是益友

她是一位甘当学生铺路石的老师。2015 年 6 月，又是一年毕业季，王俊英老师时刻关心着学生找工作的动态。对于没找到工作的学生，她比学生还着急，时刻叮嘱学生赶快行动起来，不要错过大好时机。对于找到工作的学生，她又详细了解他们的工作待遇和公司发展前景，并用自己的经验和人生阅历来为学生指明方向，让他们少走弯路。

对于考研的同学，她同样不吝惜自己的时间和精力，尽可能为他们提供最佳的复习场所，不停地鼓励他们不要松懈。"无论结果如何，只要自己尽了自己最大的努力，你们就是好样的!"声声话语至今还在学生耳边回响。考研结果出来了，不少同学都考入了自己理想的学校。但是，这个过程并不是想象中那么容易。考研结果刚下来时，有些学生只差一点点就能考上自己所报考的专业，就在他们以为自己要与理想的学校失之交臂时，王老师帮他们出谋划策，联系相关学校，最后这些学生都顺利地在自己所报考的院校内成功调剂。

她是良师，亦是益友。作为学院数字媒体技术专业负责人和班主任，王老师几乎天天与学生在一起，甚至假期也跟着留校的同学们待在实验室。她不是在指导学生的课程学习，就是在指导学生的学科竞赛；不是在为学生答疑解惑，就是在为学生联系就业……虽然嘴上严厉，但她心中却充满对学生的疼爱。不论是感情方面遇到挫折的学生，还是家庭经济有困难的同学，他们总是喜欢向她倾诉，找她帮忙。一位来自西藏的家境贫寒的学生留级到王老师班上，她经常找这位学生谈心，从学习、生活上时刻关心她，最后她回到原班级并顺利毕业。离开学校时，她感激地说："王老师的名字已被我铭记于心，她值得我用一生去尊敬。"

专业建设不停歇

计算机是一个技术不断更新的领域，数字媒体专业尤其如此，不但实用性很强，而且理论也在不断更新。从 3dsmax、Maya 到 cocos2d－x 游戏引擎的开发，王老师总是不断挑战自己，通过学习新的内容充实自己，从而为学生传递更符合社会需求的前沿专业知识。

由于数字媒体技术培养的是复合型人才，有大量新课程需要建设，2011 年和 2012 年连续两年暑假，王老师都放弃休假，选择到北京进行为期 3 个月的艰苦学习。面对艰苦的住宿条件，她坚持每天早上 8 点开始学习，晚上 12 点才离开教室。学成归来后，她不仅承担起了《三维建模技术》《三维动画设计》《游戏智能》《游戏架构与设计》等重课难课的教学任务，还指导学生完成了许多优秀的实践作品。作为数字媒体技术专业的负责人，她还与其他专业教师一起完成《动作捕捉实验室》的项目建设以及专业人才培养方案的修订。2013 年，我校数字媒体技术专业正式获批。

在专业建设和课程改革中，她还充分地与历届毕业生以及在校生进行交流，改变教材教法，并对毕业生的就业情况进行跟踪，了解课程的实际效果，时刻以“传授给学生符合社会需求的实用性知识”为己任。2014 年，她主持的《科学基础与实践并重、技术与艺术融合的数字媒体技术人才培养模式改革探究》获批湖北省省级教研项目。

团队传承是法宝

在王老师心目中，专业的发展需要团队的力量，无论是教师队伍还是学生队伍。一直以来数字媒体技术专业团队既是一个凝聚力很强的团队，也是一个师生关系非常密切的团队。

在专业课教学上，她经常就自己的听课情况与青年教师进行充分的交流，给予青年教师无私的帮助。2013 年暑假期间，她积极联系企业，组织学生进行 cocos2d - x 的培训。整整一个暑假，顶着将近 40 摄氏度的高温，她每天都和学生从早到晚学习和研究 cocos2d - x 引擎以及相关应用。在王老师的带动下，每一个学生都投入空前的热情，最终都完成了一个或几个相关应用的开发，并发布到 WIN - PHONE 平台。学习不再是枯燥的过程，学生们不仅学到了知识，还对计算机产生了浓厚的兴趣。2014 年暑期，王老师让朱冠华同学给 2013 届的学弟学妹们讲授自己所学的培训知识，包括平台的搭建、教学项目的设计与实施等。朱冠华一口答应并进行了精心准备。他说："帮王老师做事情，从来没有'我行不行'，只有'做得好不好'。我喜欢跟王老师做事情，因为回报给我的是激励，是突破，是自豪。"

"树立良好的班风，每个同学才可能得到更好的发展。学生听得认真，老师才可能更热情地传授更多的知识给他们。"王老师非常强调班级的力量和专业各年级之间的传承。她认为良好的班风能让班上每个人都得到长足发展，而年级之间的传承能够让同学们学会承担责任，培养专业自豪感，也可以让低年级同学早日找到自己奋斗的方向。因此，她常常通过联系科任老师了解本专业学生的课堂学习及实践情况，一旦发现问题，就积极采取措施去做引导工作。在她的不懈努力下，数字媒体专业不断取得新的突破，良好的学习风气在不知不觉中形成并传承下来。

好老师成就好学生

在王老师的指导下，学生取得了傲人的成绩。说起她所教授过的学生，无论是本班、本专业还是公共课的学生，王老师总是如数家珍。

2012 至 2014 年连续三年，她所指导的本科毕业（设计）论文被评为湖北省优秀本科学士论文。近年来，她指导的学生在全国普通高校信息技术创新与实践活动大赛、中国大学生计算机设计大赛、科讯杯国际大学生影视大赛等大型比赛中获得国家级奖项 13 项。她自己也因此多次获得国家级竞赛优秀指导教师奖。

她所带班级的柯立秋、张钊、陈云等多名同学都考上全国知名高校的研究生。2010 级的关惊雷考上了武汉大学数字媒介研究生，当她被阿里巴巴录取为实习生时，她兴奋地发来消息：“王老师，大学期间您教会了我很多。收到实习通知时，我想第一时间和您分享。”当好消息不断传出的时候，王老师又开始组织学长们为下一届学生传递考研经验了……一年又一年过去了，一批又一批学生毕业了，但是无数的学生都记得，有一位王老师曾在他们人生的重要时刻帮助过自己。

一直以来，王俊英老师都秉持着这样一个信念：我们是教师，我们的职责是教书育人，学生的成就就是我们最大的成就。“以后我若为师，当如王老师般”，这是一个毕业生的感言。对于王老师而言，这些话就是对她的最高赞誉，就算累点、忙点，一切都是值得的。

（本文发表于 2015 年 11 月 1 日《三峡大学报》2 版）

用哲学领航人生

——记三峡大学第八届“师德标兵”范畅

张丽超　袁丹丹　宋竞阳

三峡大学马克思主义学院副教授、哲学博士、三峡大学第八届师德标兵范畅老师，总是穿着一袭简单的休闲服，加上一双如今已难得一见的布鞋，行走在办公楼的走廊里，悄无声息。

求学　勤奋做基石

“有时候不是你选择了生活，而是生活选择了你。”范畅老师如是说。对他而言，走上教师这个岗位具有一定的偶然性，但也注定了他要借这方沃土尽力展现自己的才华。事实证明，他也的确爱上了这个行业。

今年四十四岁的范畅老师有着坎坷的人生履历。大学毕业之初，范老师被分配到一个非常偏远的乡镇高中，后来几经周折进入县城高中。这期间，他务过农、经过商、当过电视台节目兼职主持人。在参加市里的一次知识竞赛获得第一名后，他无意中发掘了自己在记忆方面的潜力，于是决定重新走上学习的道路，并顺利考上北京师范大学的教育学硕士研究生。良好的学习环境和浓厚的学习氛围让他一头扎进书的世界。“那时候一年看的书相当于以前十年看的书。”他这样说。

当硕士毕业面临重新选择时，导师的一句“你的思辨能力很强，而教育学再进一步就是哲学。”让他欣然选择继续攻读博士。第一次报考北京大学的博士研究生以失败告终后，他选择回到家乡河南的郑州大学进行第二年的复习。白天在学校的考研自习室学习，晚上回自己租的小平房里休息。那时已经35岁的他一方面要面对未知的学业，一方面还要兼顾妻儿，日子过得很是艰苦。如果那时他选择回原单位，肯定可以得到很优厚的待遇，但他觉得自己既然选择了读书这条路就要对得起自己，而且他也相信自己有这方面的潜能。虽然第二年考试还是与北大失之交臂，但他以英语考试第一名的成绩顺利进入武汉大学复试。虽然他的年龄和能力曾一度让导师对他没有信心，但他还是以自己求知的渴望和丰富的阅历转变了老师的看法并渐渐接受了他。他比任何人都珍惜这来之不易的学习机会，因而也就比他人付出更多的努力。读博是一个非常折磨人的过程，但他还是在三年之后顺利毕业了，而且他的博士论文以全优的成绩顺利通过答辩，并入选湖北省优秀博士论文。

对范老师来说，从本科到硕士再到博士，是两次脱胎换骨的过程。这个过程让他在人生观点、处事方法、思维深度等方面完成了重大转变。“如果说以前的我是一个行政官的话，那现在我希望自己努力向一个学者转变。”范老师诚恳地说。

教学　“互生”为理念

“善待问者如撞钟，叩之小者则小鸣，叩之大者则大鸣，待其从容，然后尽其声。”一直以来，范畅老师在打造学生真心喜欢、终身受益的高校思想政治理论课的道路上努力思考着、行动着。

基于对当下高校教学的理解与反思，范畅老师提出了“互生式”教学理念。他认为，传统课堂教学难以深入灵魂深处，缺乏全方位的参与式学习。长此以往，知识无法在相互碰撞中产生智慧的火花，学生只会变成知识的容器，从而无法适应这万众创新的时代。范老师通过自制课堂记录单，设计印象最深点、课后收获、对老师的建议等板块，对课堂教学进行追踪记录，进而结合学生的心理预期，对教学内容进行调整和重组。每次课后，他还要求学生将课程总结发布到范畅哲学网上，从而加强师生之间、学生与学生之间的交流，并将其作为平时成绩考核的一部分。“由于每一个人的感触点不同，同学之间共享总结相当于一个二次学习的过程。”

范畅老师不仅在课堂教学上力求突破传统，在教育技术上更是与时俱进。以往很多老师出于课堂纪律考量，禁止带手机入课堂，但效果却不尽人意。范老师意识到，解决课堂手机病只能靠“疏”而非“堵”。在这样一个“互联网+”的环境下，手机的作用不容小觑。他巧妙地利用微信“课堂派”进行签到点名、课程内容通知、上传作业等。学生可以利用碎片化的时间理解课程，实现内外联动，打破时空局限，让本来打乱课堂秩序的手机成为辅助教学的利器。

哲学作为一门思辨性很强的学科，往往会给人抽象深奥之感。如何使学生更好地理解哲学成为一个难题。“哲学来源于生活，并且只有在为生活服务时才有生命力，因而哲学老师要做的就是让哲学回归生活。”范老师一语中的。在学生们眼中，范老师总是能够以幽默的语言分享身边的故事，并于潜移默化中诠释出哲学的精髓。谈到幽默，范老师笑着说：“幽默不是轻佻地哗众取宠，而是蕴含着智慧。一个真正幽默的人肚子里一定有很多苦水，把苦难以幽默的方式呈现出来更能让人体会到其中的深刻。”

科研　创新成作为

“我一直认为，要想搞好教学，科研决不能薄弱。教学是基础，科研促教学。二者的结合既有利于教书育人，也有利于自身科研能力的提高。”范畅老师如是说，也如是做。

2015 年 2 月，范老师的学术专著《马克思主义理论的科学性问题》由武汉大学出版社出版。谈及此书，范老师感慨良多。

“博士论文的字字句句恰似针线穿梭而成的织点，这是我的生命。”范老师一直希望能抽出专门时间对论文进行一次较大调整和扩充，但由于在繁忙的教学工作之余还要做些学术研究工作，博士论文的整体修改工作一直没有进展。直到 2014 年春天，范老师意外收到来自德国蓝博特学术出版社编辑 David Johnson 先生的署名邮件，他们根据掌握的数据库资料得知范老师的博士论文主题，并且愿意为他提供一个将其免费出版的机会。可是，论文的中文版还没有面世，怎么能拿出去让国外出版社先出版呢？这之后 Johnson 先生的两次电邮催促开始让范老师有些焦急了。好在不久之后他就接到武汉大学出版社的电话，告知他的博士论文已经被遴选收入《武汉大学优秀博士学位论文文库》丛书，准备在 2014 年下半年由武汉大学全额资助出版。2015 年 2 月，《马克思主义理论的科学性问题》顺利出版，这本书旨在回答究竟如何理解科学以及马克思主义理论科学地位的重大问题，在国内产生重大反响，也受到中央政策研究机构的关注。他希望通过这本书告诉人们，马克思主义不是传统意义上人们所认为的是一种意识形态哲学或政治说教式的科学，而是一种解放人类的实践科学。“读完这本书，读者的哲学意识必定大幅提升。”范老师在该书的出版记中这样写道。

范畅老师的主要研究领域是马克思主义哲学与当代社会发展，同时涉猎国外马克思主义、科学哲学、政治哲学、经济哲学等领域。

近年来，他积极参与马克思主义基本原理重新阐释和中国政治体制改革权力运行模式创制工作，先后参与或主持国家级、省级和校级科研课题7项，在国内外学术刊物发表论文30余篇，其中《什么是马克思真正实证的科学》《究竟如何理解恩格斯自然辩证法》《〈资本论＞没有完成的真正原因及其意义》《从线结构到环结构：我国政治体制改革的路径选择》《科学的，还是批判的——关于马克思主义理论科学性问题的再探讨》《辩证法的简单化及其引发的几桩哲学公案》等受到学界广泛关注，多篇论文被人大复印资料、《新华文摘》、《中国社会科学文摘》、《高校文科学术文摘》、《红旗文摘》转载。目前，他承担的校级重点课题《马克思主义基本原理教学改革三个重大问题攻坚研究》正在进行之中，这一课题旨在解决现今的马克思主义基本原理教学如何对教材进行内容调整、如何进行互动式教学、如何将这门课与现代教育技术结合起来等重大问题。科研与教学的紧密结合在范老师这里得到了最好的体现。

服务　能力即责任

“在这样一个社会转型期，人仿佛一个陀螺，不停地高速运转着。作为一名高校教师，我有义务将我的思想传达到社会当中去。”也许是因为历经过一次次社会角色的转变，范畅老师更深刻地体会到一名学者的使命。

范老师常常针砭时弊，将自己的思考付诸笔端与大众分享。2014年，他的文章《马克思主义世界观要求坚持群众路线》发表在《中国社会科学报》上，文章犀利地指出了当下部分官员问题意识的缺乏，提出面对现实、立足群众的观点，引发人民网、凤凰网等10多家网站的转载。除了撰写这种非学术性的论文，讲座是范老师表达思想、服务社会的又一有力方式。不久前，范老师在“互联网＋”教育 Ideas Spread 第二期讲座中作了题为《“互联网+”背景下高校思政课教育教学理念创新与实现》的教学心得分享，广受师生欢迎。“只要有时间，有人预约的讲座我一定会去，哪怕是没有任何酬劳的。”范老师说。

2012年秋季，范畅哲学网正式开通。回忆起创建网站的初衷，范老师说：“一方面是为了更好地与学生交流，另一方面是希望通过这样的平台将自己的学术思想、教学经验与大家分享，影响社会甚至服务社会。”制作网站绝非易事，交给专业的公司负责又会耗费巨大成本，范老师思量再三后决定自己亲自设计。他从图书馆里借回很多书从头学起，有时为了做一个网页，熬夜到凌晨两三点是常有的事。提起这些根本无法计入工作量考核的付出，范老师毫无怨言，一笑而过。两个月的时间边学边做，他终于交给自己一份满意的答卷。可网站开通后又面临着新的问题，从日常维护到内容选择，全部的重担都压在他一个人肩上。“哲学话语”是这一网站的重要栏目，范老师用通俗易懂的哲学语言回答学生提出的各种问题，不少话语在学生中广为传播。他还将自己发表的论文发布在网站上，不仅为相关专业的研究生提供了学习素材，也有利于业内人士的学术探讨。网站自开通以来访问量达3万余人次，成为师生交流的重要网络平台。

打开范畅老师的哲学网，我们会看到这样一段文字：“我曾被人像蝼蚁一样踩在脚下，也曾在千人集会上受人喝彩，我曾因看不到一丝希望而犹豫彷徨，最终选择在众人怀疑中默默坚守。在这个过程中我悟出了一个道理——浸满苦水的生命，方能酿造诱人的甘霖；在寂寞中脱胎换骨，前台表演才一定精彩！”正是这样，范畅老师以高度自觉的使命和担当，一言一行、丝丝缕缕地诠释着一位高校哲学教师的学者风范，用哲学领航自己与众多青年学子的人生。

（本文发表于2015年12月15日《三峡大学报》2版）

成功之花背后的人们

——第七届“高教杯”全国大学生先进成图技术与产品信息建模创新大赛辅导老师侧记

韦仕龙

2014年8月4日至6日，第七届“高教杯”全国大学生先进成图技术与产品信息建模创新大赛在我校举办。164所高校，1506名选手，本届比赛竞争堪称残酷，参赛人数、高校、地域均创历届大赛之最。在激烈的角逐中，我校以机械与动力学院、水利与环境学院、土木与建筑学院学生为主组建的三峡大学代表队在比赛中不畏强敌、奋勇拼搏，一举斩获3项团体一等奖和31项单项一等奖。那么，取得如此优异的成绩，究竟经历了怎样的积累和磨砺？

层层选拔　精心培训

骄阳似火的七月里，正在暑休的学生们待在空调房里甚至懒得动弹一下。但是，烈日下却有这样一支队伍，他们放弃休假，围着那些似乎永没有尽头的图，一丝不苟地进行着常人看来异常枯燥、单调、重复、繁琐、细碎的成图训练，整日整夜地“焊”在电脑和图纸前。

这支队伍就是机械与动力学院的以王静副教授为主带队老师的全国大学生先进成图技术与产品信息建模创新大赛三峡大学代表队。谈到付出，王老师说："我希望通过培训引导学生感受成图的美，因为只有美才能激励学生创新，我们团队甘愿为此奋斗不息。"

俗话说，一年之计在于春。为备战本届全国大学生先进成图技术与产品信息建模创新大赛，2014 年春季学期一开始，机械与动力学院以王静老师为主的带队老师团队就开始忙碌了。

作为大赛机械类赛事三峡大学代表队带队老师，王老师比谁都清楚，早准备、早着手对于取得优异成绩而言是多么重要。为此，她与杜义贤、黄才华、何恩义等几位老师一起，早早就踏上了漫长的培训征程。

2014 年 3 月，学院正式启动参赛队员选拔工作。由于报名人数多，经过初选，有 100 多名学生入围。为了普及成图知识、保护和鼓励学生的学习和创新热情，老师们对所有初选入围的学生进行精心培训，一个也不放弃。

在 1 个月的时间里，老师们对 100 多名初选入围的学生进行了包括基础尺规、三维建模在内的严格培训，重点培养他们对于标准化绘图的表达与处理，并使之养成标准化的习惯。

为保证培训效果，老师们每周对培训情况进行交流总结，查漏补缺，及时改进。1 个月后，学院对参加初训的 100 多名学生进行了再次选拔，40 多位表现出色的学生被选拔出来进行新一轮的强化训练。

为了保证强化训练的效果，老师们想方设法、多方联系，为这 40 名学生找到了专业的绘图教室，并对他们进行集中辅导，一对一答疑解惑。同时，老师们还有意增加了参训学生间的交流次数，将每周 1 次的交流总结改为每周 2 次，在周四和周末举行。每次交流会，辅导老师都要到场倾听，在释疑解惑的同时，引导参训学生注重夯实自身基础，取长补短，共同进步。

最终，通过学院层层选拔，14 名学生脱颖而出，拿到参赛资格。由此，一支强劲的参赛队伍成功组建。

然而此时，暑假已至，大赛逼近，对参赛选手最为艰苦的封闭式实战集训才刚刚开始。

天道酬勤　见证辉煌

时光飞逝，转眼大赛就在眼前。“老师，今年参赛的人这么多，还有那么多 985 高校的，我好害怕。”随着大赛的临近，有部分参赛队员莫名紧张起来，心里充满各种担心。为缓解队员们的紧张情绪、帮助他们适应比赛节奏，从大赛开始前一周起，杜义贤、黄才华、何恩义等辅导老师就专门对队员进行了模拟实测，并针对每位队员实测的情况查漏补缺。与此同时，老师们还与队员们交心谈心，对他们进行心理疏导，缓解队员的心理压力和焦虑。

2014 年 8 月 4 日，包括武汉大学、华中科技大学、哈尔滨工业大学等在内的 164 所高校的 1506 名选手齐聚三峡大学，角鹿成图。辅导老师和参赛队员们辛劳的汗水迎来了检验成果的时刻。

天道酬勤，经过两天的紧张比赛，三峡大学代表队取得了骄人成绩。然而，本届比赛带来的不仅仅是荣誉，更多的是成长。参加这次大赛的学生中，既有参赛经验丰富的组长欧成鑫，也有去年憾失选拔而积蓄力量、等待一飞冲天的梅月媛与马帅；既有学习经验丰富的大三学长，也有缺乏经验的大一“菜鸟”……无论是谁，都在三峡大学代表队这个大家庭中收获了自身的成长与进步。

作为参赛队员中的一员，郑松柏手绘能力较差。为了帮助他尽早成功，老师手把手地教、点对点地纠正，还特意让擅长手绘的队员专门辅导他。功夫不负有心人，在大家齐心协力的帮助下，郑松柏手绘图进步神速，参赛时以绝对性优势斩获个人全能一等奖。

辉煌之后，留给老师们的是更多的回味。他们感叹，是学生们的奋斗与坚持，让他们取得了今天的成绩。本届比赛，让他们与学生们在交流中有了共同的进步。冰心曾说："成功的花，人们只惊慕她现时的明艳。然而当初它的芽儿，浸透了奋斗的泪泉……" 而这，恰恰也是那些一心扑在成图大赛辅导工作上的老师们最想要表达的心声。

制图是工程界的语言，也是每个工科学生应该掌握的。对此，王静老师说："只有学好工程界的语言，才能为遨游工程学科领域打下坚实的基础。" 她希望工科学生学习好这门语言，并使之成为其快速适应未来工作环境的制胜法宝。

（本文发表于 2014 年 9 月 1 日《三峡大学报》2 版）

覃太贵：一片痴心育学子

熊然

他，是一个坚守一线教学岗位24年的普通高校教师，凭借对高等数学的痴迷热爱加上“接地气”的教学方法，虽没有一官半职却在学生中享有极高的声誉，是每到选课时学生口口相传的“一定要选的好老师”；他，是一个甘愿奉献的普通高校教师，连续7年志愿担任暑期考研辅导班的数学老师，牺牲自己休息时间只为助力学子们考研圆梦；他，是一个勇于拼搏的普通高校教师，带队三峡大学数学建模团队以来，与学生们一起挑灯夜战，独自一人睡办公室，安慰鼓舞为失败落泪的学生绝不气馁，再接再厉直到满载各种荣誉……

在刚刚到来的第30个教师节，他被光荣地评为了全国模范教师。他就是覃太贵。

倾尽全力，用学生理解的语言讲解数学知识

说着一口不太流利的普通话，带着一本高等数学教材，覃太贵老师进入教室的瞬间，习惯性地带着微笑给同学们打招呼。“你们不用看书，听我讲就行。”覃太贵站在讲台对学生说。一堂课下来，学

生们都感慨时间过得很快。“还没有听够就下课了。”一位听过他的课的学生说。

这些都源于覃太贵对于大学生教育的细心研究。“我不喜欢照本宣科地讲解数学知识，我要用大学生能够听懂的语言来讲解数学知识，我要让他们明白数学是如此有趣。”覃太贵坦言。

要用学生理解的语言来讲解数学知识，就要求教师对于数学知识的理解要非常透彻。数学自身是一个逻辑要求很严的学科，而用学生的语言来讲明白逻辑和条理，将复杂的问题讲简单，把抽象的东西讲明白，则是非常难的。覃太贵跟自己较劲，长期以来不断尝试，逐渐形成了“通俗易懂”的授课风格。

从 2009 年起，覃太贵在担任数学建模总教练的同时，继续承担了本科生和研究生的一线教育工作，每学年度的工作量都超过 300 课时，2010 年更是达到 456 课时。如此繁重的课时从来没有让他放弃过一线教育工作，在一线教学中，他可以和学生零距离接触，时刻了解到学生的所想所思，引导学生走上一条践行社会主义核心价值观的道路。

凭借以学生为主体、深入浅出、把复杂的问题简单化的教育理念，覃太贵先后于 2008 - 2013 年连续 6 年被评为三峡大学优秀教师，2008 年获三峡大学教学成果二等奖，2009 年被评为三峡大学免评教师，2011 年被评为全国优秀数学建模教练，同年被评为三峡大学首届“我心目中的好老师”，2012 年获得三峡大学校教学成果一等奖，2013 年被评为三峡大学第七届“师德标兵”，2014 年被评为全国模范教师。

百折千回，数学建模从痛哭流涕到幸福微笑

2007 年，覃太贵第一次接手三峡大学数学建模项目。面对一个

全新的挑战，覃太贵全面分析了学校自身的优势和不足，结合当时的情况，他给自己提出了更高的要求，尽力去为学校的数学建模事业贡献出一份力量。

2007 年，起步阶段异常艰难。学生们都不愿意参加，认为参加全国大学生数学建模大赛不会获得太好的成绩。覃太贵和同学们一起努力，获得了当年的一项省一等奖和一项省三等奖。同一年，在覃太贵老师的倡导下，一个属于大学生数学建模的平台应运而生。在这个平台里，覃太贵培养了一批又一批的杰出大学生。

2008 年是覃太贵印象里最深刻的一年，这一年他带领学生进行了为期三个多月的训练，其中有两个月正值暑假。覃太贵陪着学生在机房一起探讨题目，一起编程。

在集训期间，长期性的熬夜是对老师和学生的最大挑战，覃太贵身先士卒，主动陪着学生一起熬夜做题，坚持等到学生交完当日的作业后才离开。有时晚上熬得太晚，干脆不回家，直接在学院办公室拼几张凳子，躺在上面就睡了。

2009 年，覃太贵带领的数学建模团队调整了训练方案，加上教练团队对于数学建模的持续研究，总结出了一套适合三峡大学的数学建模训练方法和体系。经过不断地训练和努力，三峡大学数学建模团队迎难而上，挑战自我，再度参赛。

比赛结束后，接到电话得知获得优异成绩，覃太贵兴奋得将手机抛向天空，三年的奋斗终于第一次有了很好的回报。在接下来的几年，覃太贵运用积累出的经验和教训，不断调整教学方法，从三峡大学的本科生数学建模扩展到研究生数学建模，同时也从三峡大学扩展到三峡大学科技学院。在扩展的新领域，数学建模成绩都异常突出。

2010 年，三峡大学数学建模团队获得全国一等奖 4 项、二等奖

4 项，与北京大学、浙江大学等 7 所名校齐平。中央电视台对于此次三峡大学获奖给予单独报道，充分肯定了三峡大学数学建模取得辉煌成绩的努力。

2011 年，正值数学建模大赛举办 20 周年之际，获得优异成绩的三峡大学代表队在人民大会堂接受颁奖。

2012 和 2013 年，三峡大学数学建模团队共计获得全国性奖项 19 余项。

谈到数学建模，付出心血最多的覃太贵回忆起往事总是历历在目。他最欣喜的是看到参与过数学建模的学生日后的发展都非常不错，有些参与了考研，有些参加工作，这些学生总会给覃老师发来最新消息。在不断回忆起自己与学生之间的故事时，覃太贵老师幸福地笑了。

桃李芬芳，爱学生才能培养出优秀的学生

“他的品格，如他的名字一样，太可贵了，覃老师对同事热情，对同学热心，对工作热诚。”这是原理学院党委书记李齐放对覃太贵的评价。覃太贵的踏实严谨、认真努力，作为领导兼朋友的李齐放都看在眼里、记在心里。在李齐放看来，覃太贵一直都以自己独特的方式在精彩地演绎着“教师”这个神圣的职位。

“在我的印象中，覃老师是一位平易近人而且特别关心学生的好老师。在考研备考的过程中，覃老师同样给了我很多无微不至的关怀与帮助，特别是当我遇到困惑的时候，覃老师总能给予很耐心的解答。今年我能顺利考上华中科技大学，我从心底里感谢覃老师。”这是考研学生孟显印对覃太贵的感激。

在覃太贵众多的优秀学生中，纪国良是不同寻常的一个。纪国良的父母在他很小时去世，他由伯父抚养长大。或许是从小境遇忐志，纪国良显得比同龄的孩子要内敛、懂事。

为了节约开支，减轻伯父一家的经济压力，成绩优异的他想放弃考研选择保研或者直接工作补贴家用。覃太贵得知后，明确地告诉他，如果要回报社会、回报亲人，只有自己好好学习，自己有了真本事，才能更好地造福社会。在覃太贵的鼓励下，纪国良积极报考北京中科院的研究生。当年北京中科院数学研究所一共只招收14名研究生，纪国良不负众望，以总分第四名的好成绩上榜并获得公费生的名额。当纪国良告知覃太贵他被录取的喜讯时，覃太贵说："我比自己当年考上武汉大学研究生还要高兴。"

2009级学生程智辉从大一开始便跟着覃太贵参加数学建模竞赛，并获得优异成绩。程智辉在2012年参加了美国数学建模大赛，获得美国赛二等奖。2013年，程智辉收到了来自美国杜克大学的录取通知书。"覃老师对于数学的那份热爱和痴迷，对我的影响最大。我想他对于专业那种投入的态度会影响我一生。"程智辉提到。

2013年考入上海理工大学的袁光辉同学，在校期间跟随覃太贵学习数学建模。通过数学建模学习到的知识，帮助袁光辉在硕士阶段参与了虹桥机场OMC信息系统平台建设研究。在给覃太贵的回信中，他写道："目前所获取的成果与本科阶段在数学建模方面得到覃老师的培养有直接关系，我个人认为老师教我的不仅仅是建模，更多的是数学建模过程中做事的方法，做学问的方法是我个人收益最大的地方。"

覃太贵，一个坚守一线教学岗位24年的普通高校教师，甘于奉献，勇于拼搏，没有任何官职。他搭建起的数学建模平台让无数学子在此梦想起飞，志愿的考研数学辅导让无数学子圆梦人生。他像一个摆渡人，用知识把学子渡到梦想的彼岸，彼岸有大好的风景，他站在舟上为实现梦想的学生高兴，回身继续摆渡，一片痴心，桃李芬芳。

（本文发表于2014年9月10日《三峡大学报》1版）

詹丽：让创意之花在课堂绽放

韩琨

詹丽，1980 年生于湖北蕲春。2007 年 6 月从中国地质大学（武汉）博士毕业后，她成为我校经济与管理学院旅游管理系的专任教师。2011 年，她荣获三峡大学青年教师教学竞赛一等奖。2012 年，她成为三峡大学首届“教学新秀”。2015 年，她荣获三峡大学首届微课教学竞赛二等奖。2012 年，她在市厅级、省部级和国家级项目上“连中三元”，不仅获批省教育厅人文社科项目、湖北省社科基金各 1 项，还成功获批 1 项国家自然科学基金。11 月 26 日，《中国科学报》“师者”栏目报道了詹丽博士的先进事迹，现转载如下：

采访通过电话进行。从声音就感受得到，三峡大学经济管理学院副教授詹丽是个热情、爽朗、有想法的人。

作为一直在高校读书再任教的老师，詹丽坦言，在书斋的时间占了绝大部分。因此，许多教师都缺乏理论知识与社会实践相结合的经验。也正是出于这样的考虑，她主动要求到企业挂职。

在高校教师科研教学双肩挑、任务重的情况下，她最重视的仍然是三尺讲台。对于学术的追求是她的自我要求，但是她同时强调：

“对我而言，努力上好每一堂课，平等、真诚地对待每一位学生是最重要的。”学术与实践之间与詹丽的接触，最早源于她主动要求到当地企业挂职的行为。这是书斋中的学者主动请求接触企业、深入实践的一次尝试。

2015 年 3 月，詹丽到湖北宜都土老憨生态农业集团挂职，但此前企业的人才需求却是柑橘种植方面的专家，与詹丽旅游管理类专家的身份并不相符。但是，当企业负责人阅读了詹丽的个人简介和工作设想之后，他意识到，詹丽正是企业所需要的人才，因为她的“工作设想”中最主要的部分就是阐述如何协助该企业发展休闲农业，促进该企业由第一产业、第二产业向一、二、三产业协调融合发展。目前，詹丽正用她的专业知识和敬业态度，为该集团领衔的国家柑橘农业公园项目的规划和建设出谋划策、献计出力。“像我们这样的应用类专业，必须时刻与企业保持紧密联系，了解与把握瞬息万变的形势。”詹丽说，这次挂职结束后，她也会继续寻找机会，深入企业，在实践中运用且不断更新所学。

在这样的治学与教育思路下，詹丽在专业课《旅游经济学》的教学中，十分重视案例的重要性。“我不会单纯地向学生灌输理论知识，而是与实践相结合，寻找关联点，以理论引导和帮助学生分析当下发生的事情，课堂讨论也十分活跃。”她说。

与此同时，她也十分重视对学生人文情怀的培养，她所教授的《旅游文化与审美》课程被学生李伟彤感慨为“最有意义的课”。李伟彤认为，这门课弥补了大学中缺少的、应有的人文教育。

詹丽告诉记者，她设想过几十年后退休的场景，那时令她最有成就感的可能不是某些具体的荣誉，而是自己真正感兴趣的、有价值的学术研究，更是三尺讲台上，曾经认真上过的每一堂课。

出于个人的兴趣爱好，詹丽面向全校学生开设了一门公共选修课，叫作《演讲、辩论与口才》。这是三峡大学学生口中，令人又爱又怕、最“难过”的公选课。

从2008年开课至今，詹丽根据课堂上学生的反馈不时地调整教学方案和方法，目前课堂规模控制在50～60人。用她的话来说：“取得了比较理想的效果。”而这样的判断，是以具体的问卷测试结果对比作为依据的。

詹丽告诉记者，在上学期的这门课上，她向选课学生发放了一份问卷，用以测试学生的演讲水平和沟通能力。该课程每周两节，共计12周。除去最后用于考试的两次课，学生们和老师共同学习和锻炼的时间不过10周。詹丽解释道：“在结课考试之前，我又让同学们做了一遍之前的那份测试问卷。对比之下，结果很令我吃惊。选课学生演讲水平、沟通能力的平均得分由选课前的95.03分（总分150分）、74.79分（总分100分）分别提高到102.61分、80.21分。这着实令我惊喜，没想到他们在短期内有如此显著的进步。”

在10周内，选课学生通过听课、每人两次公开演讲以及在台下点评同学等方式学习和锻炼演讲、辩论能力，提高口才。最后的考核方式，是令同学们又怕又爱的即兴演讲，这也是这门课被称为最“难过”的重要原因。

“100道题目，10分钟的准备时间，台下坐着自己的同学作为评审。这样的考核方式对于学生来说的确是很有压力。”詹丽笑道。

在这门公选课上，选课的学生来自三峡大学的各个院系，涉及范围很广。由于学校自身的特色，机械、土木、电气等理工类专业的学生在在校生总量上占大部分，而选修了詹丽这门课的学生也多来自这些学科和专业。

“相对而言，他们可能比较内敛，迫切期望能够提高表达能力，这也是这门课吸引他们的原因所在。”詹丽说，开课时只是出于个人兴趣，却没想到在无形中帮助了这些有提高口头表达能力意愿的学生，与学生所受的专业教育形成了互补。

（本文发表于 2015 年 12 月 1 日《三峡大学报》1 版）

师德在这里传承

熊然　王星

在去年年底举行的生物与制药学院研究生总结表彰会上，胡芳和柳森两位同学分别把5000元和3000元奖金捐赠给学院“爱心基金”。他们说，是这里的浓浓温情打动了他们。

2012年入学的胡芳来自天然产物研究与利用重点实验室。“这里就像是一个家，邹老师就是我们的大家长。”作为实验室的掌门人，邹坤教授关心着学生们成长的方方面面。前两年，邹老师得知一位学生来自单亲家庭，全靠母亲打工的微薄收入维持生活，不但帮他承担了学费，还为他增加了补贴。

在生物与制药学院，全心全意关爱学生成长成为老一辈教师的人格操守。

每年元旦，院长陈芳清都会邀请学生去他家，亲自下厨做上20几个菜“犒劳”大家，被弟子们赞为“一流大厨”。陈芳清对学生上心，即使是忙到晚上12点，他也会认真回复学生的邮件，指导学生的科研。

陈发菊是学院的又一位“学术牛人”。对自己一贯“小气”的她对学生却从不吝啬，为了满足实验条件，她不惜每年花费数万元把学生送到更好的实验室进行科研。当研究遇到瓶颈，她又千里迢迢赶到学生身边，帮助他们打消顾虑、解决难题。“为自己和母校骄傲，这就是我对学生们的期望。”陈发菊微笑着说。

随着时间的流逝，当曾经的学生也成为老师，像老一辈一样关爱学生就成为一种习惯。

“楚天学子”周海峰是学院自己培养出来的青年骨干，除了承担繁重的教学科研任务，还担任着班导师工作。去年，一位家庭贫困的学生生病需要住院，他毫不犹豫垫上 1000 元，还发起了爱心募捐。在他的科研团队里，有不少是来自贫困家庭的学生，周海峰都会多给些补贴。“授鱼不如授渔。”既不伤害自尊又能让其锻炼，周海峰试图把帮助学生做得更好。

无独有偶，海归肖述章也是这样一位“楚天学子”。当他得知有学生因为缺钱而节衣缩食、营养不良时，当即拿出 1500 元塞到学生手里。科研压力再大，他也要抽空到学生宿舍转转，鼓励大家勤学上进。去年，他的学生李若涵在国际学术期刊《化学科学》上发表论文，影响因子达到 8.60。

在生物与制药学院，传承师德成为青年教师们的自觉追求。“楚天学子”邓张双对实验室几十位同学的情况了如指掌，随时准备为那些生活或学习困难的学生提供帮助；“楚天学子”周新文组织起爱心帮扶小组，每天轮流用轮椅推着残疾学生上课；贾漫柯博士得知学生献血后，立即炖上一碗热腾腾的鸡汤送去……在这里，还流传着两位“好妈妈”的动人故事。

辅导员郑江英曾经有位学生，小学六年级时母亲就去世了，上学期间父亲又得了胃癌。为了给父亲治病，他曾经同时打 5 份工，每月给父亲寄 800 元药费。郑江英待他当作自己的孩子，过生日时为他买来蛋糕，悄悄往他卡上打生活费。如今，这个学生创办了自己的公司，事业做得风生水起。每年过节，他都要发来短信向“郑妈妈”问好。

张蓉是另一位“妈妈”式的辅导员，当她得知一位贫困生意外受伤需要住院时，立马掏出1000元递了过去。

师德传承孕育感恩之心。从“全国自强奉献优秀大学生”侯海燕到“中国大学生自强之星”吴春红，从掀起校园公益热潮的“爱心超市”到扶危助困的志愿者服务队，感恩奉献在这里蔚然成风。

2012年，国家奖学金获得者左小明和王桂萍共同发起爱心捐款倡议，并分别捐出5000元和2400元成立“爱心基金”，专门用于帮助家庭贫困的同学。“做事先做人，做人先立德，这是老师给我们上的重要一课。”左小明如是说。

（本文发表于2015年3月9日《三峡大学报》2版）

做学生成长的铺路石

张齐齐　殷全艺

又是一年毕业季，计算机与信息学院2015届本科毕业生中又有一批学子高薪签约阿里巴巴、魅族、华为、中国电信、惠普等知名公司，一大批同学签约年薪达10万以上。这不仅是计算机与信息学院人才培养模式改革成效的显现，也是以王俊英、何泽平、徐义春等为代表的老师们争做“四有教师”、全心全意关爱学生成长成才、无私奉献的结果。

学生成长的守望者

王俊英博士是一位让学生又爱又怕的老师，她对学生专业学习的要求近乎苛刻。作为计算机与信息学院数字媒体技术专业负责人和班主任的她，几乎天天与学生在一起，甚至假期也跟着留校的同学们待在实验室。她不是在指导学生的课程学习，就是在指导学生的学科竞赛；不是在修改学生的设计作品，就是在指导学生的实习实践；不是在为学生答疑解惑，就是在为学生联系就业……她关心的是学生的英语成绩好不好，专业课过没过，设计作品有没有完成，她嘴上严厉，心中却充满对学生的疼爱。在王老师的指导下，侯松华、覃洋冰两位同学分别在第五届全国普通高校信息技术创新与实践活动影视大赛中获得一、二等奖，王丹同学在中国大学生计算机设计大赛动画专业组荣获全国三等奖，刘潇、林瑞同学的作品获得第六届中国大学生设计大赛媒体设计专业组 DV 影片全国三等奖……有一个来自西藏的家境贫寒的学生留级到王老师班上，王老师每天找她谈心，从学习、生活上时刻关心她，最后她终于成了一个乐观、开朗、积极向上的同学。离开学校时，她说："王老师的名字已刻在我的心灵深处，她值得我用一生去尊敬。"

学生心中的好老师

美籍华人何泽平教授是计算机与信息学院的全职特聘教授，曾经担任过世界著名 IT 企业美国高通公司技术高管。为了钟爱的教育事业，他抛家舍业、远渡重洋，为学院带来了新的教学方法和理念。在何老师的带领下，计算机与信息学院组建了智能手机实验室，建立了最前沿的手机开发平台。

何泽平不断创新教育理念，鼓励学生采取个人口头报告形式提交课程作业、以让学生提交自己制作的产品为考核方式，把课堂搬进实验室，把学生带进企业，让学生去体会、去感悟。为了更好地了解学生，他主动请缨担任班主任，义务为学生进行就业或考研面试辅导、为学生修改英语简历或自我介绍材料；主动在新生中开办讲座，以国际的眼光向学生们阐释信息产业的发展前景，站在时代前沿对计算机及信息产业进行深入的剖析，为学生勾画出一幅美好的发展蓝图，激起学生学习与求知的兴趣。

在教授好专业知识的同时，何老师还利用自身的语言优势，组建课外英语学习辅导班，提高师生的英语水平。他不计报酬，自己掏钱购买奖品奖励那些英语学习的进步者，他把自己的休息时间奉献给了那些想要学习英语的人，成为无数学子的免费口语陪练师。

学生成才的引路人

2014 年，计算机与信息学院学生共 140 余人次获国家级奖项 40 余项，省部级奖项 30 余项。一批批学生纷纷高薪签约阿里巴巴、腾讯、华为等 IT 名企，一批批学生考上了“985”、“211”高校的研究生。这些沉甸甸的成绩背后浸透着老师们无私的付出与奉献。一提起学科竞赛和大学生科技创新，徐义春博士如数家珍：“我们学院学生已组队参加全国物联网设计大赛、计算机仿真大赛、全国电子设计大赛、全国数学建模大赛、大学生网络商务创新应用大赛、‘挑战杯’大学生课外科技作品大赛、全国软件专业人才设计与开发大赛等多项学科竞赛，获得国家特等奖、一等奖等多项大奖……今后我们要争取让更多的学生参与到学科竞赛活动中，并取得更好的成绩。”说到这些，徐老师脸上充满了自豪与期待。

指导过学生科技创新的王安慧博士也是这样一位老师。她放弃自己的休息时间，与学生们一同学习、探讨和实验，不厌其烦地为学生答疑解惑，修改学生设计的作品，鼓励学生大胆设计，大胆求证，树立自信。

“创青春”金奖获得者陈晓军同学回忆说：“正是因为有徐老师、王老师他们日复一日、年复一年的陪伴与鼓励、执着与坚守，我们才坚持下来，我们的专业技能、综合素质才得到了提高。”

（本文发表于 2015 年 4 月 15 日《三峡大学报》1 版）

第二篇 02

四季春风化绸缪

不拘一格育人才　桃李不言自成蹊

——记三峡大学第四届“十佳班主任”徐刚

袁丹丹　方泽衡　雷盈颖

在我们身边有这样一位老师，他朴实无华、细致入微，用谆谆教导指引无数学子健康成长、向上生活；他以身作则、严格要求，用专业学识指导学生攻坚克难、逐鹿赛场；他勇于创新、乐于奉献，用不懈努力探索班级管理的科学之路。他，就是水利与环境学院的徐刚老师。

真心关怀　指引学生成才

回忆起担任班主任的那些时光，镌刻在徐刚老师脑海深处的并不是他在班主任工作上的傲人成果，而是他和学生们持之以恒朝着心中目标奋斗的酸甜苦辣。有句名言道：授之以鱼不如授之以渔。徐老师倾注真情和汗水，愿做学生的引路人。

一开始接手20081501班的时候，总体情况不是很乐观。班上许多同学来自农村或者贫困山区，部分同学的思想较封闭，行为习惯也不太好。面对这些难题，徐老师一直在思考怎样去引导学生。他首先从思想上入手，鼓励学生要有长远的眼光，不要只拘泥于眼前，同时告诫他们，暂时的贫穷不算什么，通过自己的努力战胜贫穷，才是人生宝贵的财富。些许真诚的鼓舞，不仅得到了班级同学的一致认可，也使得这群年轻的孩子们越发有斗志和上进心。平日里，徐老师放低自己的姿态，努力和同学们打成一片。“在上水文站测流量这门课时，徐老师在教授理论的同时，亲自带我们去做实验，甚至还自己开车带我们去荆门水库考察。”学生邵明昊回忆起当时的情景时很是激动。

在学生备考研究生和就业阶段，徐老师充分发挥专业教师优势，积极引导、辅导学生，找准方向，合理定位；同时，积极为学生就业提供信息，联系单位，帮助学生找到满意的就业单位。最终，他所带的20081501班学生考研录取率达到43.5%、就业率达到100%，各项指标均名列学院前茅。徐老师也有严厉的一面，有时候学生感到很迷茫，发现不了自身的问题，此时他都会直接严肃地指出问题，帮助他们扫除心理障碍。有一次，一名男生因为失恋状态低迷，大四了还在补考，也不愿去找工作。徐老师知道以后，立马找他谈话，严厉地训斥他要认清现实，认清自己，为自己而活。该生在受到徐老师的启发后渐渐从低迷中清醒过来，最后成功地签约了恩施的一家事业单位。

“意识决定行动，我更多的时候是从意识上去引导他们。”徐老师说。他乐于去改变一个学生看待问题的方法和角度，他觉得成功地指导一个人并改变一个人是他的骄傲。

精心指导　教研双管齐下

为了提高学生的科技创新能力，徐刚老师采取教学、科研双管齐下的方法，通过科技立项、水利创新设计大赛、挑战杯竞赛等多种方式积极引导学生不断培养科研兴趣，逐步提高科技创新能力。

近几年，徐刚老师作为第一指导教师指导学生参与多项纵、横向科研项目和学科竞赛项目，荣获 2013 年第十三届全国大学生“挑战杯”竞赛湖北省二等奖，2014 年“创青春”全国大学生创业大赛湖北省金奖、全国铜奖。“指导学生们参加比赛，我在乎的不是项目能否获奖，而是他们的思想能否成熟。”徐老师如是说。在他看来，学生们通过参加学科竞赛将理论与实践相结合，从动手设计到撰写报告，从制作 PPT 到答辩陈述，每一步都在提升学生各方面的综合能力，学生可以从中汲取经验、寻找灵感，为将来就业奠定基础。今年的“创青春”全国大学生创业大赛中，徐老师特地邀请经济与管理学院的研究生一起组队参赛，从而让工科学生在发挥自己计算能力优势的同时也能学到一些经济学知识。最终，这支队伍完成的《湖北云帆水电云服务公司创业计划》荣获湖北省金奖、全国铜奖。谈及这次比赛的感受，团队成员赵小伟说：“和以往不同，徐老师在今年的备赛过程中更加强调我们的自主性。他只会给我们一些方向上的指导，具体细节全部要我们自己动手动脑完成，而他只会在成果验收阶段给我们提出建设性意见。这个过程让我们无形中提高了自己的自主思考能力和团队合作意识。”

徐刚老师不仅在指导学生参加学科竞赛方面取得不少成绩，对于学生的专业学习也要求甚高。他曾指导学生在核心期刊上发表数篇学术论文，申请发明专利多项，并多次指导学生获得湖北省优秀学士论文。“考虑到毕业生面临找工作的巨大压力，我会尽可能多地给他们的论文写作提供一些指导，从而为找工作争取更多时间。”

用心实践　创新班级管理

在日常班级管理过程中，徐刚老师调整思路、积极创新，提出并实践新型班级管理模式。他推行把班级分成若干小组，以团队的形式在学习、课外活动、科技创新等方面开展竞赛争优活动，设立团队、个人年度积分制度，形成“人人参与、人人奉献、团结合作、团队竞争”的氛围。该特色制度被学院列为特色班级创建活动重点资助项目。他所带的20131501班现任班长说，他们班从大一起建立学习小组，以小组为学习单位调动同学们的学习热情。学习小组时常以小组为单位前往教室或图书馆自习，并将所有同学和所有小组的课外学习情况列入积分单中，按课外学习的积极性和效果进行计分。班委会在学期末统计小组和个人总分，并开班会进行相应表彰。今年开学在班主任徐刚老师和班长的组织下，20131501班评选出了个人年度积分第一名、优秀小组长以及排名前三名的小组，并对他们进行了相应的表彰奖励。徐老师坚持多种班级管理措施并行，将学习团队与个人积分制度结合，大大调动了同学们的学习热情，拉近了同学们之间的距离，也有利于和谐班集体的创建。

另外，徐刚老师十分关心学生生活，特别是家庭困难的学生。在担任20081501班班主任期间，针对班上家庭经济困难学生较多的情况，他出资2000元设立班级困难学生帮扶基金，资助学生暂时度过生活难关。这些钱并不是无偿提供的，只是暂时存放在班长处，同学们在遇到突发状况时可以临时领取所需金额作为缓冲。为了培养学生们自立自强的品质，学生们需要在有能力的时候偿还这些钱。另外，徐老师还计划再次出资2000元设立班级竞赛争优奖励基金，鼓励同学们积极参与班级管理工作。

不拘一格育人才，桃李不言自成蹊。徐刚老师真心关怀学生，让学生从思想上成熟；精心指导学生，让学生学业有成；用心管理班级，让一批又一批优秀学子自信地走向社会，走向美好的未来。

（本文发表于2014年11月1日《三峡大学报》2版）

潜心执教　爱心育人

——记三峡大学第四届“十佳班主任”王春保

张丽超　袁丹丹

从 1986 年参加工作至今，体育学院王春保老师已经在自己的工作岗位上默默耕耘近 28 年。在担任班主任工作的 12 年里，尽管没有轰轰烈烈的事迹，但他通过自己细致的工作方式、耐心的工作态度以及对学生无尽的爱，将自己完全融入班级管理中，真正走进了学生的心里，诠释了一名优秀班主任应具备的基本素质——“爱心、耐心、细心”。

“学生在哪儿，我的家就在哪儿”

在担任班主任工作的 12 年里，王老师坚持与学生零距离接触，贴近学生的心。为了能够有更多的时间与学生接触，王老师把重心放到了早操、课堂和寝室中。

早操是体育学院的一大特色。体育专业的特殊性要求学生必须付出更多时间，加强自己体育专业课的学习。作为班主任的王老师，当然不会放过这样好的与学生接触的机会。在任班主任期间，他时常会出现在综合训练馆的场地，指导学生练习，当学生需要陪练，他一定会主动陪学生练习。同时他对早操出勤进行严格管理，反复督促学生进行强化练习。

在自己的专业课上，由于训练时间少，他总在申请免费加课，力争在一个学期内，能为每个学生陪练半小时。每个周四下午是王老师为学生们补课的时间，他觉得只要能提高学生们的专业技能，自己少休息、不休息都没关系。每逢周末，如果学生打电话请他陪练，只要有时间，他都会马上赶到综合训练馆。他所带班级的早操出勤率总是最高，补课的学生队伍也在不断壮大。久而久之，出操和补课对他的学生而言不再是一项任务，而成了一种习惯。

为了进一步了解学生的生活，王老师特别喜欢到学生寝室去转转。他每次去的时间并不固定，也不会提前跟学生打招呼。由于经常走访寝室，哪个同学住在哪个寝室，哪些同学家庭情况不好，他都了然于心。学生们习惯了在寝室里和王老师闲聊，还有学生跟他开玩笑说："王老师，您干脆到我们这儿住好了，就把这儿当您的第二个家吧。"王老师也高兴地应允着："你们在哪儿，我的家就在哪儿啊。"

班里的同学十分信服王老师，私下有什么问题都会找他帮忙解决。在某种程度上，他早已不仅仅是老师，更是同学们的贴心好友。在学生们眼中，王老师也是他们的亲人，对待关键问题严肃认真，却又不乏对学生们的点滴关怀。他还细心地做了一份学生成长笔记，每一页属于一个学生，他用文字记录着他们的每一步成长，上面有他收集的每一个人的登记照。

"学习是学生的第一要务"

王老师喜欢开展各种别出心裁的主题班会。在他的班会上，没有说教，有的只是同学们的畅所欲言、各抒己见。

一次，王老师组织学生观看纪录片《一个老师、三个学生》，引导学生进行讨论，树立学生积极、健康的价值观。针对班风、学风不好的情况，王老师组织学生集体讨论，同时让同学们进行自我反省，寻找解决方法。班会之后，班里学生迟到早退、上课玩手机的现象有了明显的改善。这样的班会形式，不仅不会让学生觉得枯燥无味，还能让学生在反省中提升自我。

要管理好班级，首先就要管理好班干部。在王老师班上，班干部都是通过民主选举的方式产生。为了进一步强化民主管理，王老师还在班上设置了“班长助理”和“纪检委员”这两个特殊职位，协助他进行班级管理工作。作为班主任，他经常找班干部进行座谈，了解班级动态，并适时地针对学生情况开展工作。

虽然王老师是羽毛球的专项老师，但他对学生的学习也十分关注。每年到了四六级考试、双学位学习的报名时间，他总是在第一时间通知自己的学生。如果学生具备条件却没有报名，他就会反复给学生做工作，直到学生发自内心地感受到学习考试的重要性。在他看来，“学习是学生的第一要务”。

可以说，在管理班级上，他并没有特殊的能力，只是他的心始终在学生那里，能够时刻跟上学生的步伐，走进学生心里，想学生之所想。他所带的两个班，去年分别获得“院优秀班级”和“校优秀团支部”的荣誉称号。这份荣誉属于他的班级，也是对王老师用心、用爱，从细微之处管理班级的高度肯定。

“你在与不在，我都在这里；你有或没有，我也在这里。”这句话可以说是王春保老师班主任工作的真实写照。现在已步入知天命之年的王老师，不知道自己的班主任生涯还会走多久多远，但只要自己做一天班主任，就要为每一个学生负责。他把自己对学生的爱注入工作的每一个细节之中，用自己平凡的工作铸造了不平凡，为我们展现了一位用爱心、耐心、细心去积极生活、快乐带班的班主任形象。

“一个都不要少，也一个都不能少”

在王春保老师班上，有一个叫杨栋庭的学生患上了抑郁症，并且一直在医院接受治疗。基于学生的安全问题考虑，学院建议劝退。在了解杨栋庭的情况后，不忍学生放弃学业的王老师主动向学院申请再对他观察半年。他本人也愿意为杨栋庭负责，因为他希望自己班里的学生一个都不要少，也一个都不能少。

于是，王老师又多了一份责任，为保证学生的安全，他几乎每两天打一次电话和杨栋庭聊天，还在寝室安排专人观察。尽管这样，杨栋庭还是经常发病，最后因无法在学校正常上课而回家治疗。但是王老师心里却始终挂念着，经常打电话关心他的近况。

王老师最大的工作特色就是细心，这不但表现在对学生心理情况的及时关注，还体现在一些小事上。平日朴实的他，总想着能够为学生节省。由于他所带的学生家庭情况不是很好，而羽毛球练习又花费特别大，特别是现在的羽毛球价格越来越高。为了找到价格适中又能保证质量的羽毛球，王老师奔跑在各大体育用品店。为了延长每个球的使用寿命，他还在家做起了实验，用热水、冷水、胶水和蒸馏水反复试验，最后找到了一个很有效的方法：将热水和胶水混合在一起，然后把新买的羽毛球放入水中 10 秒钟，再迅速拿起后风干 24 小时。经过这样处理的球，羽毛干燥而稳定。

当然，在练习的过程中，坏的不单单是羽毛球，更棘手的是球拍，一个羽毛球只有几元钱，可一副球拍要三四百，这对于家庭困难的学生而言不是一个小数目。于是，王老师决定亲自为学生修理羽毛球拍。通过一段时间的学习，他掌握了方法，还自己掏钱定制了一个羽毛球修理器械。就这样，一旦有学生的球拍打断，就会送到他那儿处理。每每收到坏球拍，他都会在第一时间修理好送到学生手里，不耽误训练。

一年下来，经王老师手修理过的球拍不下上百个，节省的羽毛球数量更是数不胜数。在他心里，那些工作不是能用钱去衡量的，他只想一心一意为学生服务。只要学生好，只要能为学生做实事，他心里比吃了蜜还甜。

（本文发表于 2014 年 12 月 20 日《三峡大学报》2 版）

追梦锂电作“三芯”

——记三峡大学第四届“十佳班主任”杨学林

熊然　林硕

杨学林，教授，硕士生导师，中国固态离子学会理事，湖北省新世纪高层次人才，湖北省杰出青年基金获得者，三峡大学材料学科学术带头人。从毕业至今短短7年，杨学林用自己的汗水填充了这2583个日日夜夜，用心血搭建起三峡大学新型能源材料实验室，并以此为平台将“产”“学”“研”融为一体，走出一条“三芯”教师路。

开拓者之芯

2007年，杨学林牵头组建了三峡大学新型能源材料实验室，率先在宜昌地区从事新型锂离子电池材料相关的研究。

万事开头难。“当时三峡大学没有这个研究方向，而我是一个新来的博士，学校为我提供资金开设新的研究方向是非常难得的。”杨教授回忆当年实验室创建工作时感慨颇多，尤其对学校、学院的支持充满感激。怀着一份不辜负的信念，新型能源材料课题组从两间空荡荡的实验室起航。

“最初我们没有高温烧结炉，而科研启动经费又十分紧张。为能够迅速开展研究工作，我托人从上海寄来所需配件，带着学生买炉膛、电阻丝、石棉，自己动手做高温烧结炉，用水冷却自制的高温烧结炉连接部件，手动控温，日夜坚守。”这些听起来让人难以置信，却是杨学林团队艰难起步阶段的真实写照。团队的师生们齐心协力度过了最艰难的初创期，与此同时，杨学林也敏锐地发现了机会。

通过对宜昌地区矿产资源开采及利用现状的调研，他率先提出将宜昌优质鳞片石墨应用于以锂离子电池为代表的新能源材料领域的思路，打破了宜昌石墨以低附加值石墨制品为主的现状。他的系统调研及可行性论证成果，获得了宜昌地区最大的石墨企业中科恒达石墨股份有限公司的认可。在合作企业的支持下，新型能源材料实验室的建设步伐加快，课题组的成果也如雨后春笋般冒出。

2010 年至今，通过校企“产学研”合作，新型能源材料实验室在天然石墨改性及新型石墨基复合负极材料研发方面开展了大量卓有成效的研究工作，开发的异取向球形石墨技术将天然石墨球形化工艺收率提高了 30%，得到的新型负极材料容量突破了现有石墨负极材料的容量极限，为高容量锂离子电池研发创造了条件。

此外，实验室针对宜昌的磷铁资源特点开展的高性能磷酸铁锂正极材料研究也取得了突破性进展——引入特殊碳源巧妙解决了碳热还原法制备磷酸铁锂工艺中残留碳石墨化度难以提高的技术难题，得到的材料可在释放出高可逆容量的同时经受大电流（1 分钟）循环冲击，具有广阔的市场应用前景。

新型能源材料实验室 2012 年发表 SCI 论文 11 篇，2013 年 12 篇，2014 年 14 篇。因为研究成果突出，实验室青年教师入职后很快就能顺利拿到国家级科研项目。目前实验室 4 名教师均成功申报 1

项国家自然科学基金，实验室已步入有设备、有经费的良性循环发展阶段。

锂电之芯

自来到三峡大学以来，杨学林教授以实际行动践行了学校的“双服务”办学理念，先后为中科恒达石墨股份有限公司、欧赛新能源科技有限公司等多家新材料企业提供强有力的技术支撑。

欧赛新能源科技有限公司在产品试生产期间，因不具备磷酸铁锂材料测试能力而求助于三峡大学。杨学林教授组织大量人力、物力为欧赛公司几百批次的样品进行测试，并及时将测试分析结果反馈到公司用于生产工艺参数调整，为欧赛公司扎根宜昌并迅速成长为一家高新技术企业打下了良好的技术基础。

中科恒达石墨股份有限公司成立之初仅是一家石墨采选、石墨密封产品加工企业，高附加值产品的缺乏严重制约了企业发展。2009年以来，杨学林教授在进行大量调研和实验的基础上为恒达公司提出了以高性能锂离子电池负极材料为主攻方向的产品研发思路，之后通过校企“产学研”合作，在超细天然石墨微粉利用、球形石墨水系包覆及新型高容量石墨基复合负极材料研发等方面开展了大量工作，研究工作先后获得了国家发改委、科技部、国家自然科学基金委及湖北省科技厅等部门的专项经费支持，研究成果获得多项国家技术发明专利并获得“湖北高校科技转化十大成果提名奖”，其中水溶性包覆制备石墨负极材料技术已建成一条年产量200吨的中试生产线。

在与杨学林研发团队合作过程中，中科恒达已逐渐成长为国内唯一一家集石墨采选、精深加工和科技研发于一体的高新技术企业。同时，中科恒达与三峡大学先后联合申报并获批了宜昌市特种材料与矿产资源重点实验室、湖北省新型石墨材料工程研究中心及新型石墨材料国家地方联合工程研究中心，实现了宜昌地区国家级工程研究中心“零”的突破，不仅为校企双方在科技攻关、成果转化和人才培养方面提供了崭新的平台，也为我国石墨产业创新支撑平台建设和促进宜昌区域经济持续创新发展起到了积极的推动作用。

人师之芯

作为一名大学教师，科研和教学不可偏废，而两者兼顾却必须付出大量的时间和精力，办公室、实验室便成了杨学林的半个家。

学生夏冬冬告诉记者：“尽管科研任务重，但杨老师的不少时间都花在学生身上。”夏冬冬一般早上 8 点去实验室，“这时候杨老师肯定到了，如果不在实验室，一定是在办公室，印象中杨老师一直都比学生到得早。”

还有一件事让夏冬冬记忆深刻。有一次他在晚上 9 点将论文初稿发给杨老师后离开实验室，那时杨老师办公室的灯还亮着。凌晨时，他收到杨老师让他早上 7 点到办公室的通知。第二天一早夏冬冬来到办公室，发现 10 多页的论文初稿被杨老师大改了一遍，每一页都是密密麻麻的批注。而到了找工作的时候，杨老师又细致地为夏冬冬修改简历，并帮助他顺利找到了满意的工作。

在杨老师的实验室里，参与过企业课题研发且研究工作出色的学生均入职到顶尖级的能源材料生产企业，背后却是他和实验室同事们付出的大量心血。学生们评价说：“杨老师做事雷厉风行，带着我们不断前进，我们做学生的心里都很感激。”

杨老师不仅在科研上认真带好研究生，在教学上也不马虎。他结合不同年级学生的情况，用生动的语言讲解专业知识，用精彩的教案加深学生的理解。因此他讲的课程学生反响好，到课率也高，学生评教结果连续多年位列前10%。

杨老师对学生的关心不止停留在学业上，还体现在对学生的思想教育上。在担任学生班主任期间，他时常深入学生寝室了解班级情况，与同学们亲切交谈，鼓励大家多进实验室，多参加集体活动。学生面前的他显得耐心而又温和，给同学们带去点点滴滴的温暖与感动，这更让他获得学生们的尊敬和喜爱。

“他这个人细致而有韧性，做事力求尽善尽美。”材料与化工学院党委书记唐培育如是评价杨学林。正是这种细致坚韧、尽善尽美的追求，让杨学林在“产学研”结合和学生培养上都取得显著的成绩，也凝聚起新能源材料人勇往直前的精神。

（本文发表于2015年1月1日《三峡大学报》2版）

小中见大 细节之处最传神

——记三峡大学第四届“十佳班主任”彭卫民

向瑜 刘贞杰 李盈 田秋燕 李国君

彭卫民，三峡大学经济与管理学院金融系教师，曾任经济系学生党支部书记，金融系学生党支部书记，从事经济管理专业课程教学20年，曾多次被评为“优秀教师”。他承担着《微观经济学》《宏观经济学》《中央银行学》《金融企业会计》《商业银行业务管理》等多门课程的教学工作，积极参与科研、教研和课程建设。他主持省教育厅人文社科项目和宜昌市社科项目各1项；获得宜昌市社会科学优秀课题三等奖1项；参与“三峡库区移民安稳致富及生态屏障区建设规划调查研究”、“三峡库区设施农业、苗圃基地、小区帮扶项目跟踪监测评价”等横向科研项目多项；主持、参与教研项目数项；获三峡大学第一届教研成果三等奖；主持院级优质课程建设1门；参与校级精品课程建设1门；副主编出版《微观经济学》教材1部，参编教材教辅4部；公开发表学术论文20余篇。不仅如此，在完成教学科研工作的同时，他还非常出色地完成了大量的学生工作。

细节传递真情　关爱温润心灵

每年新生到校的第一天，彭老师总会亲临报到现场，第一时间与学生们见面、接触。“大学刚入学，许多学生都没有适应大学生活，所以第一年对于学生来说至关重要，而且大一对于一个班集体的建设发展也是尤为重要。”彭老师说。课后，彭老师会主动走访寝室，并通过电话、短信、QQ 交流等方式与学生沟通交流，做到尽可能多地了解同学们的学习和生活，疏导心理，帮他们较快适应大学生活，顺利完成大学学业。由于班级人数过多和寝室分散，走访一次寝室甚至要花费 4 个多小时。但彭老师仍然每个学期会走访寝室 5、6 次，详细了解同学们在学习、生活和情感方面的问题，尽自己最大的努力帮助他们。

在任班主任的数年当中，彭老师为学生做过的事情不计其数，他总是乐此不疲地将学生每件事做好，尽力为学生排忧解难。彭老师做的虽不是惊天动地的大事，但平凡之中见伟大。他曾到居民小区帮学生讨回兼职被骗的钱款，到医院看望住院学生并垫付医药费，将衣物、学习生活用品等资助给困难学生，向班费捐资……与其说彭老师是一位班主任，不如说他更像一个朋友，对每一个学生都“不抛弃、不放弃”，引导学生树立“努力学习，培养能力，回报社会”的信念。为了同学们能够全面掌握专业课程知识，彭老师特地在平台课课程结业考试和英语四级考试前组织多次模拟考试，为学生们顺利通过考试奠定基础。大一结束时，有位学生觉得成绩不理想，有了退学的想法。彭老师便打电话到河南与其父亲细致地交谈了近一个小时，疏导家长，鼓励孩子坚持学业。开学时，校园里又出现了这位同学的身影，他比之前努力多了，且热心班级事务，直至顺利毕业。当学生迷茫或无助时，彭老师用心点亮每一个孩子心中的希望，爱有的时候是那么的简单，但又可以创造无限可能。“沾衣欲湿杏花雨，吹面不寒杨柳风”，老师的关爱是春风化雨、润物无声的付出，悄然温润了学生的心房……

开启榜样力量　鼓励学子成长

教师不仅是知识的传播者，更应是模范。生活中，彭老师和蔼可亲、平易近人，但是对于学生们的学习和人格培养方面却严格要求。从入学开始，彭老师就引导学生们进行“大学职业生涯规划”，对于学习有困难的学生，无论是不是彭老师所授的课程，他都会尽力给予辅导。他在担任20081321班班主任之初，就倡导学生以学为主，适当开展健康文体活动，并以身作则，引导同学们树立健康的生活方式。他详细了解每个同学的课程掌握情况，然后组织某门课程学得较好的同学与某门课程学习困难的同学进行“一帮一”活动，他自己也经常亲自检查指导。直到大四上学期，彭老师还不时到课堂上查看班级到课情况，督促同学们认真学习。四年中20081321班无一人因成绩或违纪留级，且毕业时全班学生都获得了双证（毕业证和学位证），班级保送研究生1人、考研上线并且最终录取11人，创该专业历史之最。

著名苏联教育家苏霍姆林斯基说：“一个好的教师，是一个懂得心理学和教育学的人。”彭老师用实际行动阐释了这句话。在彭老师的从教生涯中，有几个学生让他至今记忆犹新，其中一个是07届金融专业的学生小成（化名）。在彭老师所带的《财政学》课上，他发现小成无故缺课，经了解后才知道，小成想学师范专业以后当老师，对金融专业课程完全没兴趣。于是，彭老师开导小成：“你要从实际出发，现在学师范专业已经完全不可能了，但是想当老师还是有可能的，你现在必须要顺利毕业，然后才有机会转行当老师。”经过老师的多番点悟，小成的学习状况渐渐有所改观，还竞选当了班长，毕业前夕考上了兴山信用合作社。

2007级金融专业的小凡同学（化名）上课不积极，期末考试也有多门专业课挂科。虽然彭老师不是他的班主任，但出于职业习惯和责任感，他还是主动找小凡聊天，了解到他是因为转专业后没能融入新班级，所以经常逃课、玩电脑。彭老师开导他可以与同学们多进行学习及文体方面的交流。课上，彭老师总会主动鼓励他，赞许小凡同学的理解力和学科功底不错。随后他给彭老师写了一封书信，要求老师在专业课上帮助他，表示他一定努力学习。后来，他果然如愿考上了湖南大学研究生。

经验启迪学子　理性开拓思维

在采访中，彭老师还对学生普遍困惑的几个问题作了解答。很多学生认为所学知识“华而不实”，彭老师就此分析：作为社会科学，教材基础知识具有普遍性，但也有部分内容相比现实经济生活具有滞后性。教学知识主体是比较定型的“三基”：基本概念、基本范畴、基本理论，期望非常直接地与富于变化的实际生活“对号入座”可能有些难度。此外，普通高等学校不是职业技术学校，不能只简单地教学生“手艺”，它要传授系统理论知识，潜移默化地帮助学生提升综合能力，从而有利于学生未来的发展。“书到用时方恨少”的情况很有可能发生在每一个人身上，谁也不能确定将来会从事什么工作，也无法预料以后哪些知识用得到，哪些用不到。因此，趁年轻多掌握些知识有利无弊。

在学习与兼职的关系上，彭老师想法独到，并给出这样的建议：“我并不排斥兼职，但要注意分辨，避免上当受骗，所选兼职应尽可能跟自己专业接近，将兼职与专业知识学习结合起来，重要的是要在实践过程中发现自身的不足和理论掌握方面的缺陷，有针对性地加以完善。学生最好还是应该以学业为重，珍惜学习机会。大学仅有四年，能有如此好的学习环境也就是这四年，以后有四十年时间去工作，去进行社会实践，所以学生们应抓紧学习机会，用知识丰富头脑，做好成功成才的积淀，让它成为我们就业时坚实的敲门砖。”

为了完成学生工作及多门课程的教学工作，彭老师几乎每天都要加班加点，所以，同学们不时会看到彭老师熬夜过后的红眼睛、黑眼圈和厚眼袋。作为班主任，他尽量参加所带班级的大小活动，偶尔不能参加时还会主动向大家说明原因。彭老师告诉同学们说：“我没课的时候和晚上都会在办公室，同学们如果有事，在晚上 10 点以前都可以到办公室来找我。”为此，彭老师经常会在办公室待到很晚，不愿早早离开，期间一边为第二天的教学做准备，一边尽可能多的以各种方式关注学生信息，一旦发现学生中间有什么问题，他就会尽力及时解决或者转告辅导员。

（本文发表于 2015 年 3 月 19 日《三峡大学报》2 版）

用艺术启迪心灵　辅学生成才之路

——记三峡大学第四届“十佳辅导员”李琳莉

张丽超　袁丹丹

“肩上有责、腹中有艺、心中有爱”，这是李琳莉老师的职业信念。在近14年的学生工作中，她手中有曲艺，心中有学生，以创新开拓的艺术追求来服务学生。在她的心里，做好学生工作始终是第一位的，如同她对曲艺的追求一样，在尽善尽美地不断探索。她只认准一个道理，对工作认真执着，对事业不懈追求，干一件事就要干好。“全力为学生服务”，她用自己的行动，诠释着这种信念。

亦师亦伴的“知心姐姐”

自从当上了辅导员，李琳莉的手机就从未在夜晚关过机。2012年冬天的一个凌晨，李琳莉突然接到学生的电话，称她最近重点关注的小柯还没回寝室，电话也联系不上，李琳莉的心一下子揪了起来。原来，小柯是她所带年级的一名学生，这个学期开始，小柯变得孤僻、不愿与人交往，回寝室倒头就睡。小柯对李琳莉说，他有个脾气暴躁的父亲，常常没理由地打骂他和妈妈，还有个失踪了几年的哥哥……顾不得一天的疲惫，也顾不得天亮后还要送5岁的女儿去看病，李琳莉迅速赶到学生宿舍，和班上同学一起分头寻找。教学楼、操场、宿舍周围，大家找遍校园和周边每个角落，仍不见小柯的踪影。满头大汗的李琳莉丝毫感觉不到寒冷，她心里满是焦急和担忧。忽然，她想起小柯心情低落时曾去江边……她的心禁不住提到了嗓子眼。来不及多想，她带着几位同学快速向江边赶去。

当大家终于在滨江公园发现小柯的身影时，李琳莉心里的一块石头总算落了地。就在李琳莉出现在小柯面前时，这个几乎从不对旁人吐露心声的大男孩忽然放声大哭："李老师，我在这儿坐了好久，要不是你们找到我，我可能已经不在这个世界上了！"

为了打开小柯的心结，李琳莉再一次把小柯的父亲请到了学校。记得上一次，小柯的父亲先是对小柯一顿训斥，又劈头盖脸对辅导员一顿数落，不仅没消除父子的隔膜，反而让小柯的情绪更加低落。这一次，李琳莉做了精心准备，她不仅提前把小柯的情况向其家人做了详细通报，还专门为小柯的父亲准备了几篇讲述家庭教育和父子关系的感人文章。

小柯的父亲被感动了。他说："看了李老师给我的文章，里面对家长的要求我连一条都没有做到。因为自己文化少，脾气暴躁，对孩子只知道打骂，多亏了李老师才没酿成大祸。请李老师放心，我以后一定会好好配合学校教育好孩子。"

此后整个学期，每个周末李琳莉都会请小柯到家里吃饭聊天。小柯说，父亲真的跟以前不一样了。现在，小柯即将完成大学学习，正在紧张地复习准备考研。

李琳莉有一个习惯，没事时总要到学院公寓的"学生之家"与同学们聊天，担任心理咨询员的她常被同学们称为"知心姐姐"。在这里，她认识了藏族姑娘阿西兰措。阿西兰措来自边远的高原牧区，加之妈妈患有严重的高原心脏病，让这个本已贫困的家庭雪上加霜。

李琳莉不仅帮阿西兰措争取了勤工助学岗位，申请了贫困生补助，还鼓励她向党组织靠拢，做优秀少数民族大学生。去年，阿西兰措担任了学院学雷锋协会的会长，她组织同学们到宜昌市儿童福利院看望自闭症儿童，到残疾人生活园为老人们送温暖，她还和大家为贫困山区儿童募集了2300多元物资。她在入党申请书上郑重写道："努力学习，传递关爱。"今年五月，阿西兰措被评为三峡大学第十一届十大杰出青年。

把"网格化"引入学生公寓

近几年，随着完全学分制的实行，传统的班级管理渐显不足。班级内部交流减少，集体约束力失效，信息传达不畅，给学生管理带来了困难。如何破解这一难题?"网格化"在城市社区管理中取得了成功，能否将其引入学生公寓，为同学们服务呢?在几经思考之后，李琳莉敏锐地意识到，借助学生公寓"网格化"管理，积极构建温馨和谐的学生社区，增强公寓园区的教育服务功能，将大大提升学生工作的效率和成效。

在李琳莉的努力下，全校第一个"网格化"管理学生公寓成立了。土木与建筑学院以自有学生公寓为园区，组成了宿舍服务委员会，打破专业和年级限制，以楼栋和楼层为单位划分网格，聘任了第一批学生楼层长和楼栋长，变传统的"学院——年级——班级"纵向结构为"楼栋长——楼层长——寝室长"扁平拓展，开始了"网格化"在校园里的探索尝试。

"网格化"试点开展以来，学院不断丰富和延伸网格化服务内容，积极推进管理创新升级。李琳莉和同事们在学生公寓建起了学生综合服务中心——"学生之家"。在这里，同学们不仅能学习交流，查阅资料，还能足不出户与辅导员、专业教师甚至是学院领导面对面交流。近两年，“学生之家”努力为同学提供学习、生活等方面的帮助，先后购买各类学习、励志书籍300余册，体育运动器材40余套，应急药品20余盒，每学期开展楼层文化体育活动10余场次，累计约谈学生200余人次，成功干预和处理学生心理突发问题20余起。

网格化管理实施三年以来，让同学们享受到了实实在在的便利，成为学校推广的创新试点，受到上级领导和社会各界的好评。去年，《三峡日报》以《三峡大学“学生之家”：精细服务 温情育人》为题介绍了学院公寓网格化管理的创新经验；今年6月，省委组织部副部长李建红一行来到“学生之家”，给予其充分肯定；今年，三峡大学也成功获批湖北省高校公寓网格化管理创新试点单位。

让工科生感受人文之美

“土木土木，又土又木。”在人们的印象中，学土木工程的学生往往比较机械、呆板。由于工程类学科要求学生必须有严谨细致的科学态度，客观上使得大部分学生长于逻辑思维，严谨有余而发散不足，对生活和艺术的感悟能力相对较弱。能不能在科学严谨之余增加点灵动鲜活的人文元素，让工科生的大学生活更加丰满圆润?

正是出于这种考虑，音乐学硕士出身的李琳莉在“学生之家”办起了民族器乐协会，引导学生在感受艺术中拓展视野，在回味经典中沉淀人生。近几年，在学校各类大型晚会上总能见到他们美轮美奂的表演，她还带领民族器乐协会数次登上宜昌春晚的舞台，在当地文化圈中有着不小的名气。

作为宜昌市古琴文化艺术研究会会长，她不仅面向全校开设古琴艺术欣赏公选课，还常常在“学生之家”举办小型传统文化雅集、中国传统美学等文化沙龙活动，方便同学们参加。曾登上央视讲坛的彭红卫、高玮老师也受邀来到“学生之家”，与大家分享艺术体悟和感受。渐渐地，“学生之家”在校园里声名鹊起，从普通同学到博士、教授，从一般的古琴爱好者到宜昌文化界的知名人士，都喜欢到这里听琴、品茶、聊天。“学生之家”不仅成为人文艺术的交流交融之地，也为同学们对话大师搭建了平台。

在“学生之家”里，有琴声，有茶香，有慷慨激昂的高声诵读，有沁人心脾的动人讲述。在这里，李琳莉用艺术和经典为学生们打开了一扇心灵之窗。李琳莉说，这就是她的岗位。在这里，她既是老师，也是伙伴；既呵护成长，也分享人生。她将坚守在这里，用心去激励和装扮更多学子的多彩青春。

（本文发表于 2014 年 10 月 1 日《三峡大学报》2 版）

“娜”些年，她用爱点亮心灯

——记三峡大学第四届“十佳辅导员”邹文娜

冯方　曾煜

那一年，是2003年夏天。“娜姐”毕业于湖北大学国际经济与贸易专业，在面临人生道路抉择的时候，她毅然选择了三峡大学经济与管理学院的基层辅导员工作。从那时起，她的青春注定伴随着责任的坚守与爱的付出。

那一年，是2005年冬天。她站在白雪皑皑的运动场，对自己冻红了的双手视若无睹，坚定地陪伴着、守护着2004级800余名军训的学生。一杯杯热气腾腾的开水，传递着她“姐姐”般的关爱与温暖。

那一年，是2008年春天。她与学生干部在绿油油的幸福草坪上围坐一团，讨论如何通过学生会开展出让90后大学生乐于参与的特色校园文化活动，如何让学生干部在学风建设、科技创新领域发挥模范带头作用。

那一年，是2010年秋天。她焦急地走进沁苑4号楼男生公寓，因为一个心理异常的学生晚上未按时归寝。经过1个多小时的温和劝说和耐心教育，终于将该同学带出网吧，并在深夜两点将其平安送达寝室。

11 年的学生工作生涯，为人女、为人师、为人妻、为人母，一步一步地走来，每一种角色背后都是一种付出与成长。作为一名平凡的高校学生教育工作者，她将一如既往地迈着坚毅的脚步走下去……

追梦：实际行动助创业

作为一名高校思想政治教育工作者，邹文娜自觉肩负起国家使命和社会责任，在管理教育学生的工作中，注重对学生人生观与价值观的正确引导，帮助学生在迷茫与彷徨时做出正确的选择，切实做到了帮助学生筑梦、追梦、圆梦。

经济与管理学院不少同学对自主创业有着较浓厚的兴趣，但创业之路却并不轻松。每每有同学在创业的道路上出现迷茫、失落、畏惧、退缩的情绪，邹文娜都会给予他们鼓励、肯定与支持，不仅邀请专业老师团队为他们答疑解惑、出谋划策，更尽量为他们争取资金支持，帮助他们完成筑梦、追梦之旅。此外，针对那些对创业感兴趣的同学，她组织开展创业知识讲座，让同学们对自主创业有了基本的认识，在学院内部形成良好的创业氛围。在她的宣传、指导、帮助、鼓励与支持下，经济与管理学院的学生在自主创业领域取得了较好的成绩，而对创业知识的了解也为他们日后的创业打下了坚实的基础。

在日常的学生工作中，她身体力行地将社会主义核心价值观的要求融入对学生的教育、教学中，以崇高的思想境界和坚定的理想信念潜移默化地影响着每位学生，以独特的人格魅力与学识魅力感染着每位学生，是广大学生在筑梦、追梦与圆梦之路上的良师益友。

传承：育德于教传爱心

作为一名基层老师，邹文娜的一个重要工作内容就是组织各类学生活动。邹文娜是一个性格直爽、开朗乐观、热爱生活的人，在长期的工作实践中，她保持着这份对于学生、对于教育的激情与热爱，进一步增强了把教育和活动充分结合的能力与智慧。她注重在细微处渗透教育的理念，在点滴中闪耀教育的光芒，在教育中传承文明的美德。

邹文娜在教育学生的过程中宣传和发扬“仁、义、礼、智、信”的传统美德和公平正义、平等民主、公正合理的社会主义道德，以实际行动为学生把握好人生方向，扣好人生的第一粒扣子。为了培养学生关注社会、乐于奉献的优良品德，她在经济与管理学院组建了由学生组成的青年志愿者服务队，长期帮扶偏远山区的留守儿童；每学期定期到养老院慰问孤寡老人；时常组织一些公益活动，关心社会、回报社会。在 11 年的教育工作中，她还培养了一批心系社会、传承文明的优秀大学生，如“智救落水儿童”闫成良、“全国励志之星”程美芹，“校十大杰出青年”王帅、马玥、刘晓等。

她在教育事业上精益求精，以崇高的职业理想为指导，以坚定的职业信念为支撑，在教育岗位上虔诚地教书育人，把对教育事业的奉献与个人人生价值的实现融为一体，是无私奉献、爱岗敬业的表率。

成长：与学生并肩前进

邹文娜尤其注重对学生的全面培养，强调学生德、智、体、美、劳的全方面发展。在工作中，她通过普及安全知识教育、开展道德情操教育、组织学生干部培训、拓宽第二课堂平台、进行暑期调研等活动，使学生的综合素质得到大幅提升。

在就业压力不断增大的新形势下，她利用学生干部岗位锻炼学生思考问题和解决问题的能力，培养他们的团队意识与合作精神，逐步增强学生的管理能力，提高就业竞争力。每到暑假，她都亲自带领学生们奔走于偏远的山区、企业、政府，开展社会实践调研活动，引导学生将理论知识运用到实践中去，进一步提升学生的知识运用能力和实践动手能力。她所带领的团队曾连续7年获得“湖北省暑期社会实践优秀团队”称号，增进了学生对社会、企业的了解和联系；工作之余，她还多次开拓就业市场，与30多家企业建立了长期合作关系，给学生创造了更多的就业机会。

过去的11年中，她共培养了11批800多名品学兼优的学生干部。他们不仅是学院开展各项教育活动的骨干，更是满足社会需求的精英。他们在众多优秀学子中脱颖而出，在激烈的就业竞争中倍受用人单位青睐，现在的他们已经成为企业的中坚力量、政府的中层干部、社会的创业明星、母校的名片与徽章。

信念：以人为本尽师责

作为一名满怀仁爱与感恩的教育工作者，邹文娜以真诚与尊重的态度对待学生，给予学生最大的尊重、理解和信任。

教师的高尚不在于她培养了多少科学家、艺术家，而在于她以高尚的师德影响人、培育人。邹文娜的目标是成为一名富有爱心和责任心、具有一定的文化知识底蕴、具有人格魅力的优秀的学生辅导员。为此，她不断丰富自己，充实自己，提高教育学生、指导学生、服务学生的能力和水平。她全方位地关心学生，对学生的政治思想表现、行为习惯、综合素质、专业成绩、技能水平以及身体健康状况、家庭经济情况等都十分关注。她用爱心与责任心关怀学生、理解学生、教育学生。她深知教师责任重大，教师的一言一行都会对学生产生深远的影响。在这 11 年里，她真诚地对待每一位学生，认真地处理每一个问题，踏实地做好每一件事情。她本着“一切为了学生、为了一切的学生、为了学生的一切”的工作理念，想学生所想、急学生所急，只要学生有事，只要学生需要，她都会不分昼夜在第一时间出现在他们面前。

在开展学生工作的过程中，她积极主动关心学生，全面了解学生的思想表现、家庭环境、社会交际等情况，根据学生的不同特点，有针对性地进行教育和引导。她强调平等、公平地对待每一位学生，一视同仁地给予关怀与爱护，用爱心、真心与耐心拉近与学生之间的距离，做学生的好朋友和贴心人。她用信任为学生树立自尊，用肯定为学生树立自信，用鼓励为学生树立自强，她不仅与学生分享成功后的欢愉喜悦，更为学生分担失败与挫折后的落寞，让学生满怀仁爱与感恩前行，她是带领着、陪伴着学生前进的领路人！

（本文发表于 2014 年 11 月 20 日《三峡大学报》2 版）

搭建心灵沟通桥梁　助飞学生成长之路

——记三峡大学第四届“十佳辅导员”彭娟

杜杨杨　胡中雪

她乐于奉献，甘心做一棵无言的大树为学生带来浓荫；她愿为人梯，把一群又一群学生送到更高的平台；她恪尽职守，用耐心细致征服了所有人。她就是医学院辅导员彭娟老师，从业十年来兢兢业业，用自己的独特风格影响了无数学子。

拉近距离　做学生的引路人

对多数担任辅导员工作的老师而言，他们往往不再负责教学工作，但彭娟却是例外。除了长期担任医学院的辅导员外，她还是《大学生心理健康》《军事理论》等课程的任课老师。如何兼顾教学与辅导员工作、合理安排自己的时间等现实问题就摆在了彭娟面前。

彭娟坦言：“教学与辅导员工作会有一定冲突，但是因为课程都安排在晚上，所以冲突就能降到最低。通过在课堂上与学生近距离交流接触，我更能了解年轻人的想法，这对辅导员工作很有好处。”

彭娟在长期的辅导员工作中形成了自己的风格，她始终坚持一个原则：自由发挥，不受约束。她解释道：“在有限的范围内即原则性限制下，我允许学生犯错误，并让他们自己去发现错误并改正。”无论是班会、团会还是联谊会，在确定主题的前提下，她都会让学生主持，目的就是给予学生更加自由的空间，培养学生的管理能力和责任感。

考虑到现代大学生个性强，并且都生活在智能化时代，彭娟开始积极思考怎样拉近与学生们的距离。她在此后的教学实践中不断尝试和改变，与学生同步学习，时常保持交流。她还鼓励学生多看书，学会思考，学会和他人分享自己的观点，这样才能提高自己的自学能力和团队合作能力。

彭娟除了辅导毕业生之外，还注重对新生的心理辅导和引导。新生入学伊始，她和同事开办新生入学教育讲座，她主要负责对新生的心理辅导和未来规划的指导，为新生将来的学习和生活打下基础。

以情动人　做精神的鼓舞者

自从开始担任辅导员工作，彭娟的手机一直是 24 小时开机，家里人的支持和理解也使她能够处理好家庭和工作的关系。

由于丈夫在外地工作，她常常必须带着自己的儿子去查寝或开班会。在临时加班的情况下，孩子更是离不开彭娟。久而久之，连彭娟的学生都和她的儿子熟识了。她坦言自己把更多的耐心用在了学生身上，对自己的孩子反而关心不够。

在谈到她的学生时，彭娟给我们介绍了一个叫汪艳的学生。汪艳性格内向，不善与人交流，但是她动手能力很强。针对她的情况，彭娟开始从两个方面帮助她。一方面，和她面对面地交流谈心，对她进行引导；另一方面把她推荐给襄阳东风医院，让她获得锻炼自己的机会。

医学院的毕业生常常面临考研与实习在时间方面的冲突，彭娟就不断给予学生精神上的鼓励。她劝勉学生合理安排时间，对待考研和实习要同等重视，不能因为考研就忽略了实习这一教学的重要环节，也不能以实习为借口改变自己考研的追求。她同时也坚持认为，即使在时间十分紧张的情况下，也要做到劳逸结合，不能只尽力向前奔走而忘了欣赏路边的风景。

除此之外，她还建立就业困难数据库，为就业困难的毕业生收集信息，给予指导，还为一些参加面试的困难学生资助车费和衣服，从物质上给予他们力所能及的帮助。

平易近人　做心灵的雕刻师

彭娟对自己的定位是“姐姐”，她愿意自己的学生把她看作同龄人，也愿意与学生平等地交流学习。彭娟的亲和力让她的学生愿意把她视为姐姐一样的亲人，所以学生大多都称她为“娟姐”。她也是个完美主义者，对学生要求非常严格，交代给学生的任务都要求做到精益求精。正是工作、学习上的严格要求与生活中的平易近人，让彭娟显得更有个性，也使她更能够得到学生们的认可和接受。

“每一个学生都像没有雕塑过的石头，必须用正能量引导好。”彭娟说。众所周知，医学院的学生在将来大多都会走上与行医治病相关的工作岗位，所以彭娟更加注重对学生道德观与责任心的培养。

除了让学生熟记并践行医学生誓词外，彭娟还定期与学生见面，和他们交流谈心。一本本的辅导员、班主任谈话记录本详细记录了彭娟最近几年与学生在思想、学习、生活、心理等方面的谈话内容。了解学生的所思所想，能够让彭娟及时掌握学生的思想动态和生活状况，在这个基础上，她能够制定较好的方案去指导并帮助他们。

《三峡医学生》作为医学院最重要的报刊，对学生人生观、世界观、价值观的形成有着重要的导向作用。彭娟担任该报纪实版的负责人，她利用这一平台，以文字的形式传递着自己和全体医学生的共同话语，努力以正能量影响学生。

无论是小到外在的表格制作还是大到内在的价值观的树立，彭娟都用自己的实际行动给予学生指导和示范，她就像一个心灵的雕刻师，通过自己的付出和劳动在学生的心头留下了自己的印记。

无论是生活的引路人，还是精神的鼓舞者，抑或是心灵的雕刻师，彭娟都做得十分优秀。她用全力为学生发展垫好基石，让他们大步向前、无所畏惧。

（本文发表于2014年12月1日《三峡大学报》2版）

用爱与智慧　与学生共同成长

——记三峡大学第四届“十佳辅导员”袁波澜

袁丹丹　张娇

袁波澜，男，汉族，中共党员，硕士研究生，民族学院学工办主任。曾获得甘肃省“优秀思想政治工作者”荣誉称号，工作事迹被甘肃卫视新闻联播专题报道，参选全国首届辅导员十大风云人物，获得较好成绩。自 2012 年 9 月民族学院成立以来，一直在三峡大学中区工作，与少数民族学子一起学习生活，了解他们的心声、解决他们的困难，是少数民族预科生的良师益友。袁波澜认为，学生工作是一门艺术，这门艺术要靠高度的责任感、务实的工作态度、对学生无限的爱和充满智慧的创新性工作去完成。

自我提升　与学生共进步

政治辅导员是大学生思想政治工作的导师，必须具备良好的政治素养，怀有对教育事业无限热爱的奉献精神。为使自己保持高度的工作热忱，袁波澜一直用双赢的理念确立自己的工作目标：实现学生与自身的共同发展，一是要给学生们以发展性的辅导，二是自身也要发展，要与学生一同成长。

作为一名共产党员，袁波澜努力学习政治理论知识，及时了解党的教育方针，学习党的最新时讯，注重理论联系实际；作为一名政治辅导员，袁波澜注重自身素质的提高，努力学习马克思主义、教育心理学、管理学、营销学等方面的知识，积极参与学校的各项活动，及时了解学生心理的基本特点。为了提高理论水平和工作能力，他虚心向他人请教，积极探究德育教育的新举措，并结合大学生的特点，做到理论和实践相结合。根据学生工作的实践，袁波澜和其他几位辅导员做了一次“大学生思想状况调查”，通过调查掌握学生政治思想工作的第一手资料，为开展工作奠定坚实的基础。

政治思想工作是学生工作的重点。袁波澜时常通过走访宿舍、课间聊天的方式，对学生进行观察，及时了解学生的思想状况，一旦发现学生有思想波动或情绪异常，就及时通过各种途径找出症结、对症下药。为了帮助学生掌握党的方针、政策，袁波澜对邓小平理论、“三个代表”重要思想等理论进行了深入学习，并给学生们做了专题辅导。通过这些活动，学生们在思想上有了一定程度的提高，也对党的政策有了更加深入的理解。对思想上要求进步的学生，袁波澜给予积极的鼓励和支持，让其不断进步，并帮助他们积极向党组织靠拢，让他们早日加入党组织。

在新的条件下，不断变化的形势对思想政治教育工作也提出了新的要求。比如：学生比以前更关注个人利益；学生的心理问题比以前更加突出。在这种情况下，如何用新的途径解决新的问题，显得十分重要。面对新情况和新问题，袁波澜通过与学生交流来了解学生。学生们教育背景各异，但都期望得到他人的理解和尊重，有了这样的基础，对于不同成长环境的学生，袁波澜采取不同的思想工作做法，鼓励他们关注集体，注重集体荣誉，帮助他们提高政治理论水平，引导他们关注社会热点。同时，他还帮助学生们端正学习态度，明确学习目标，跟上时代步伐，努力培养他们成为德、智、体、美、劳全面发展的复合型人才。

营造氛围　以实践促发展

作为一名大学生辅导员，引导学生增强适应社会的能力也是工作的重点。在主抓学生课堂学习的同时，也要注意学生的课外动手能力及适应社会能力的培养。袁波澜利用多种形式，多渠道让学生去了解生活、了解周围的同学、了解社会。

袁波澜曾在中区校园倡导“爱校园、守纪律”的主题签名活动，在周末举行座谈会。2014 年 3 月，他还组织学生到附近的孤寡老人院探望老人。这些活动，不仅帮助了别人，也增强了班级凝聚力，使学生们对生活以及周围的人有了更进一步的了解，这种和谐的氛围也让他们更加注重自身能力的培养。袁波澜认为，参与这些活动也提高了自己的认识，还让自己成为学生的好朋友。

在连续两年的校运会中，民族学院的学生会干部、同学们互相理解，努力训练，取得了良好的成绩，2012 年三峡大学第十二届学生运动会民族学院第一次参加，取得了第五名的好成绩，并荣获最佳道德风尚奖；2013 年三峡大学第十三届学生运动会上民族学院取得第七名的成绩，并荣获最佳组织奖；利用党团支部进宿舍机制，建立帮扶体系，有效防患了学生突发事件的发生，2012 年获得三峡大学学生创新党支部一等奖。

袁波澜认为，文化学习和管理实践要依靠学生的自觉性，要通过各种活动挖掘学生潜藏的才智，催发每个学生实现自我价值的信念，架起通往理想境界的云梯；要积极倡导集体精神和自律精神，营造良好的学习氛围，让每个学生在一个和谐的班级环境中健康成长。为此，袁波澜帮助每个班集体认真制定好学期的奋斗目标，针对每个班级的特色制定相应的班级建设计划，并对一些考核标准进行量化。比如，每个班的专业课成绩要提高到何种程度、四六级通过率要达到多少等。通过这些工作，每个学生都有了明确的学习目标，并能够在一个积极向上的班级氛围的影响下努力践行自己的学习计划，由此也形成了互帮互助、共同进步的班级文化环境。

创新管理　用心服务学生

经过多年的实践，袁波澜具备了面对日常工作中出现的各类问题时从容处理和解决的能力。袁波澜认为，做好辅导员工作，应该把主要精力落实在管理育人和服务育人两个方面。

政治辅导员对于每个班级和每个学生的管理都很重要，因此，在学生管理中，要不断出新点子，尽量使工作不落窠臼，要积极发挥党员和学生干部的作用，在学生中强调出勤、请假纪律，对于上课和自习缺勤的学生，班委要及时向辅导员汇报，并立即叫到教室上课，有时辅导员要亲自找到该学生，做好思想工作。

袁波澜认为，要根据每个班级和每个学生的特点，采取不同的管理方法。对学生的批评教育，要掌握一定的技巧，用积极的、激励的方式去批评，往往能提高学生的自信，收到事半功倍的效果。现在的大学生大多是独生子女，不管家庭条件如何，他们都是家庭的宠儿，对于大多数学生来说也是第一次离开家门，突然要独自一个人去面对周围的一切，很多学生会觉得茫然或者失落，也会变得更加多疑和敏感，不掌握一定的方式方法，很容易在不经意间伤到学生，结果必定适得其反。因而，他对学生的批评主要采用的是关注式的询问和鼓励，及时了解他们的生活和思想状况，从而有的放矢地开展工作。他认为，对于自尊心特别强的学生，要采用循循善诱的方式，帮助他们明白自己在干什么，而且能够自己作出判断；

对于继续犯错的学生，要及时和学生家长取得联系，找到问题的症结，然后对症下药，这样一般都能解决问题。

管理是学生工作中非常重要的一项内容，但仅仅做好管理是不够的，服务学生同样必不可少。作为一名政治辅导员，除了管理好学生，还要服务好学生。在与学生的相处中，袁波澜时刻谨记一点：在处理学生问题时，改变以管为主的单一模式，转而以引导学生为主，突出个性化、亲情化的管理。在平时的工作中，袁波澜不仅指导学生的学习，还十分关注他们的生活状况。“亲其师，乐其友而信其道”，他让自己与学生之间建立起一种亦师亦友的关系，从而拉近与学生的距离。平时在跟学生们的交流交往中，袁波澜总是平等地对待每个学生。只要是学生反映的问题，无论事情大小他都会记录下来，并想办法帮助解决。对于家庭经济困难的学生，他总会积极地给予帮助。他认为，只有站在学生的立场想问题，学生才愿意与你交流。班上的很多学生都喜欢找他谈心，甚至有些话可能是他们跟父母都不愿意说的。他坚信，只要尊重学生，给予学生力所能及的帮助，让学生从内心深处信任老师，愿意与老师交流，就可以在潜移默化中实现教育的目的。

从担任辅导员的那天开始，袁波澜就下定决心，要用爱和智慧，引导学生进步，因为有爱作为出发点，与学生平等沟通，相互了解、相互信任，才能达到涵养化育的目的。当然，爱能解决很多问题，但不能解决一切问题，在爱的基础上，对学生的引导还要用智慧，用科学的教育观念和方法。“用爱与智慧走进学生心灵，和学生一起成长”，这就是袁波澜老师的真实写照。

（本文发表于2015年4月15日《三峡大学报》2版）

做学生个性发展的引路人

——记三峡大学第四届“十佳辅导员”陈华

刘娟　袁丹丹

陈华，三峡大学理学院2011、2013级学生辅导员，同时还负责学院本科学生资助管理与学院资料室管理工作。2006年武汉大学硕士毕业，2010年9月进入三峡大学理学院担任专职辅导员，她把大学生思想政治教育作为自己最大的职责和最高的使命，怀着对工作的挚爱、对事业的虔诚，尽职尽责，用满腔热情奉献着自己的青春与智慧，用实际行动展现了一名优秀辅导员的风采。

全天候的辅导员

工作中，陈老师本着“尊重、理解、关爱学生”的原则，结合辅导员“三深入”制度，经常深入学生宿舍、深入学生教室、深入学生活动，有针对性地开展学生的引导教育工作，与学生建立亲密的师生关系。她还特别重视对少数民族学生的教育、引导和帮扶，使他们感受到学校的关怀。

针对新生在生理、心理、学习、生活适应等方面遇到的问题，她通过班委会、心理委员、寝室长等学生骨干群体了解学生中的突出问题，分层次、有重点地开展深度辅导工作，使学生遇到的冲突和矛盾得到有效疏导、合理解决。同时，协助学院心理老师进行心理健康教育活动，扩大教育覆盖面，普及心理常识。针对学生在大学里遇到的热点和难点问题，她还邀请心理专家进行一系列心理健康讲座，让学生学会了解自我、关爱自我、容纳自我，关注自己的心理健康和心灵成长，营造愉快的学习氛围。

她还特别关心贫困学生的心理状况，理学院每年都有200多名贫困学生，这些学生或多或少有些自卑、内向、自我封闭。针对这种情况，她主动找这些学生交流，鼓励他们安心学习，通过自己的努力来改变命运。一名经济困难学生家中突发变故，她联系学生会号召全体学生自愿进行募捐，为同学奉献一份爱心，培养学生关心同学、互帮互助的优良品质。遇到学生身体不适，她及时了解病情，多次送学生到医院治疗。一名湖北籍学生夜间旧病发作，她亲自带着学生前往医院就诊，垫付药费，跑上跑下，由于夜间需要陪护，她克服白天的劳累整夜地陪伴在学生床前，让学生感受到了父母般的温暖。她心里始终牢记一名辅导员的责任，生活中时时惦记着自己的学生，学生因此亲切地称她为“全天候的辅导员”。

学生前行的引导者

陈老师认真分析本学院学生心理与行为特点，将学生的思想品质、道德情操、治学态度、行为习惯等方面的养成教育作为工作重心，使学生在潜移默化中养成良好的行为方式和学习风气。

在学风养成方面，她提出了学风建设的“六个养成”，即“养成认真求实的学习态度，养成虚心踏实的学习风格，养成刻苦勤奋的学习品质，养成挑战困难的学习精神，养成科学严谨的学习方法，养成积极健康的学习习惯”，动员全体学生自觉践行这“六个养成”，使班集体、宿舍成为学习型组织，学生个体成为学习型个人。同时，树立优良学风班的典型，开展学风检查活动、晨读晨练倡议活动、诚信考试活动等，引导学生明确学习目标，端正学习态度，增强学习动力，规范学习行为，营造学院严谨、好学、上进的学习氛围。

在行为养成方面，她制定了宽严有度的学生行为规范。在外出管理上，倡导学生“出校登记、返校销假”；在宿舍管理上，倡导学生“周日至周四全住宿”；在班级管理上，倡导学生“参加晚自习、晨读晨练”；在个人管理上，建立《个人综合素质档案》，对学生的思想教育、课余学习、上课出勤、文体活动、社会工作等提出明确要求，并记录在册，调动学生内在积极因素，促进学生自我规范、自我管理。

她还注重对学生的理想信念教育，开展国旗教育、入党启蒙教育、党课培训，引导学生明确“做什么人、走什么路、为什么学”，激发学生树立远大的理想、崇高的信念；开展好书共享活动、经典阅读活动、辩论活动，引导学生读书，引导学生思辨，营造探求真理的氛围；开展感恩教育，让学生懂得回报社会，把感恩之情化为强烈的爱国之行、爱校之行。

面对庞杂的学生工作，她每个环节都不放过，凡事都细心过问，积极组织、合理分工、精心操作，以强烈的责任感全力确保各项工作正常运行。

思政教育的能手

身为辅导员的陈老师同时也是学院学生党支部书记，她以全面提高学生综合素质、真诚关注学生成长成才为已任，切实增强思想政治教育工作的实效性，使学生各方面的素质得到了综合提升。

陈老师不仅虚心向同事学习，还热衷读书，坚持每日读报、上网，而且积极参加学校组织的辅导员培训，通过集中培训、辅导员先进事迹材料学习及与兄弟院校的交流，学习先进经验，在扎实练好辅导员基本功的基础上，注重提升心理健康教育与职业技能。同时还积极参与思政课题的申报，2013 年发表科研论文两篇，被评为 2011—2013 年度三峡大学党建与思想政治教育研究积极分子，并获得 2011—2013 年度三峡大学党建与思想政治教育研究优秀成果三等奖。陈老师常说："要感谢学生，他们的需求，就是我努力的方向，和他们在一起，我学到了很多东西，学生教会了我新的生活方式和沟通方法。"

她善于创新工作方式，采取分年级、分阶段、分对象的方法开展学生的思想教育工作。大一学生侧重大学生角色转换和适应及校园行为规范的教育，大二学生侧重强调专业学习和成才目标的思想政治教育，大三学生侧重强调学生专业学习和未来职业规划的思想政治教育，大四侧重对于就业及就业引发的一系列问题的思想政治教育。对于心理上有偏差的同学，通过日常观察和各种渠道收集信息，及时进行了解分析，做好其思想教育工作，帮助其以乐观积极的心态去适应学习、生活中的困难；对于屡屡违纪或学习态度不端正的同学，适时通过谈话，使其了解自己行为的错误性并及时纠正。陈老师的这种分层教育方式，最终取得了较好的效果。她带的学生曾获得"三峡大学十大杰出青年""湖北省社会实践先进个人""先进集体标兵"等荣誉称号，在全国数学建模大赛、课外科技作品竞赛、电子设计大赛、师范技能大赛等大赛中屡获大奖。所带的 2011 届毕业生，75 人顺利考入中科院、北京科技大学等理想大学继续深造，就业率达 96.15%，签约率高达 84.23%，创下理学院历史最高水平。

工作这四年中，她深深体会到，作为一名辅导员，自己的一言一行、一举一动都会印在学生心里，成为他们成长记忆中的一部分。每念及此，她心头的关爱与责任感愈加强烈、心灵也愈加充实。对她来说，放弃专业踏上辅导员之路，她从未后悔过。

（本文发表于2015年5月1日《三峡大学报》2版）

第三篇 03

黑发积霜写春烛

披星荷锄教与研　培桃育李三十载

——记电气与新能源学院硕士研究生导师王归新

王彦淞　方鑫

他是三尺讲台的坚守者，他是孜孜不倦于科研路的学者，他也是永葆爱心的良师益友。他，就是电气与新能源学院从教三十余年的硕士研究生导师王归新。

披星荷锄　培桃育李

三十年如一日的勤恳耕耘，他的高度责任感和事业心让所有接触过他的人都深深敬佩。

“王老师讲课思路清晰，推理严谨，仿佛总有用不完的激情，总能调动学生的学习兴趣和热情。”2013 级电气工程研究生刘小娟说。

几十载坚持在教学一线，王归新老师深有体悟，要真正做好教书育人，单靠激情是不够的。“要想讲好课，课前的知识贮备是关键。老师讲课，要学会脱离课本，更要学会回归课本。”他如是解释自己的教学。而要做到这些，他付出了更多的努力，夜深人静之时却常是他精心备课的黄金时间。

对电气实验楼 D105 工作室的研究生们来说，做高压大电流大功率实验可谓记忆深刻。每次试验王归新老师必定亲临现场，细心讲解注意事项和操作流程，指导学生规范操作。学生动手操作之前，他必定再三要求学生对实验原理理解透彻，并亲自检查继电保护装置，确保万无一失之后才接通电源做实验。

2012 级电气工程研究生卢云说："最让王老师生气的，不是实验的失败，而是学生们没有安全意识，因为在他看来，生命是最重要的，在他的心里，学生们的安全是第一位的。"

科研道路　孜孜不倦

熟悉王归新老师的人都知道他有一个"怪习惯"，那就是他所在的工作室必须要有一个后门，而他晚上离开工作室几乎从不走正门而是走后门。他自己的解释是："为了不打扰别人，我只有从后门出入才方便。"

然而在科研上，王归新老师却从没给自己找过"后门"。他常说："科研无捷径，必须脚踏实地！"在他所带的研究生们的印象里，他每天早上 8 点来工作室，差不多都是凌晨才离开，"但我们每一次见到老师，他都是精神抖擞的，老师的精力超出了我们的想象。"

王归新老师不仅不给自己的科研开"后门"，对自己的学生也是严格要求。"和王老师在一起，你要习惯没有周末和假期的生活，要习惯被老师随叫随到。记得有一年元旦假期，外面下着大雨，我一个人在宿舍待着，王老师一大早就打电话问我为什么不去工作室。"已经毕业的研究生徐春雷回忆说。

"好好干，要耐得住性子，要能吃苦，这是研究生应该具备的素质。"王归新老师经常这样教导自己的学生。

三十年如一日的坚守，一分耕耘一分收获，如今的王归新老师已是硕果累累。他发表研究论文 50 余篇，参与国家自然科学基金项目 2 项，主持省市级科学基金项目及单位委托项目 15 项，获得湖北省科技进步奖1项，国家级发明专利2项，实用新型专利5项。他先后指导学生获得全国电子创新大赛国家一等奖2项和湖北省特等奖多项。

良师益友　永葆爱心

在教学科研上，王归新老师近乎“严苛”，而在生活中，他却宽厚、热情，是一个时刻能为别人着想的人，也是一个幽默而睿智的人。很多青年教师在有困难或者困惑时，都希望得到他的帮助和指导。

留校任教的解立辉老师表示，每当自己在教学和生活中出现疑惑和困难时，第一个想到的就是王归新老师。“他总是细心倾听，不厌其烦地站在我的立场分析原因，结合实际给出独特的见解，有时候觉得他不仅是我的老师，更像我的一位益友！”

青年教师张红在上电工学时，对部分前沿的专业性内容把握不准，对教学的深度把握不定。王归新老师就像教自己学生一样细心地给她讲解专业知识，结合多年的教学经验教她如何把握学生的学习动态。

对同事如此，对学生他更是关爱有加。2009级电气工程研究生鲍万春在做实验时不小心受伤了，他放下手头工作，立马开车亲自把她送到医院，并悉心关切照料。每年他的研究生毕业离校的时候，王老师一定会亲自开车把宜昌附近的学生们送到家，去外地的也至少送到火车站。即使是毕业之后，王老师也时刻关注学生的工作动态，时常打电话关心学生的工作生活状况。

三尺讲台，三寸粉笔，育三千桃李；一颗丹心，一生秉烛，暖万人心灵。这，就是王归新老师，他于默默无声中为自己三十年的教研路留下了一行闪光的足迹。

（本文发表于2014年10月20日《三峡大学报》2版）

我与水电的不了情

——水利水电专家伏义淑教授从教30年手记

伏义淑

伏义淑，1943年1月出生，1966年毕业于天津大学水利系河川枢纽及水电站水工建筑专业，毕业后从事工程管理及施工技术工作。1973年至1984年在水电部中南勘测设计院参加湖南东江、湖北黄龙滩、南河等水电站的厂房、引水道设计，从1984年至今在三峡大学工作。大学任教期间，曾担任三峡水电站压力引水管道设计审查专家、全国“水电站”高校教学委员会委员；完成的主要科研项目《三峡水电站压力管道大比尺（1：2）平面结构模型试验》获水利部科技进步三等奖，《三峡水电站压力管道优化设计方案性态研究》的相应科研论文有EI收录；出版专著《水电站》，译著《前苏联钢衬钢筋混凝土压力管道设计与施工》；在我校召开的“第五届全国水电站压力管道学术会议”上任组织委员会委员及“水电站压力管道”论文集编委会委员。

1961年，我以优异的成绩考入天津大学水利系，在如饥似渴的学习中，五年光阴不知不觉过去了。然而，还没毕业，文化大革命就开始了，推迟一年多我才走上工作岗位，不久就到基层和工人同吃同住同劳动。

在那激情燃烧的青春岁月，在三门峡封堵导流底孔的施工现场，在岳城水库、葛洲坝的建设工地上，我手持沉重的棒式振捣器浇筑混凝土、绑扎钢筋的场面至今还记忆犹新。以后的日子无论工作如何辛苦、碰到怎样的困难，我内心始终没有放弃对专业的追求。70年代，我由工程局调到中南院工作，参加设计的大大小小的水电站工程一个个投入运行，内心感到十分欣慰。

80年代，我跨入了大学的讲堂。来校后，我深感肩上的担子沉重，最先做的工作就是将一些工程实例融入专业课教学的讲稿中，提炼成毕业设计、课程设计的题目，应用到教学之中，扎扎实实把课程建设做好。学生听我讲课总会对我说，“只要您提到工程上什么什么，我们就会立刻兴奋起来!”在教学中，我特别重视实践性教学环节。到校后的十多年，每年春天的水电站毕业实习都由我负责带队。把学生带出去实习，带队老师的责任很大，在校外学生生病、掉队等情况时有发生，我都以强烈的责任感和慈母般的关爱让每次实习活动顺利进行。

毕业设计是学生在校期间最重要的、时间最长的一个实践性教学环节，对培养学生的专业素质起着极其重要的作用。所以我不满足于在校内辅导学生做毕业设计，而是以生产单位正在设计的工程项目为设计课题。我们在中南院宜昌分院的做法是先由带队教师考虑接受生产任务，由教师和设计工程师共同辅导学生，最终由学生完成符合工程要求的设计成果。通过这样的训练，学生们感触很多，特别是走出校门后都能较快地胜任各项技术工作。今年夏天，水利水电专业90级的同学毕业30周年返校，说起当年的毕业设计仍然很激动，令我非常欣慰。每年我都会收到很多毕业生寄来的贺卡，其中一份贺卡上深情地写道：“衷心感谢您的教导及在毕业设计中的精心指导，您是我的专业启蒙老师。您所教授的水电站知识，对我现在的工作与学习起了重大作用，使我受益匪浅!”这也是学生对我工作的肯定和鞭策。按照学校设计、施工实践多的特点，我参与编写出版了适用于施工专业的“水电站”教材。由于该教材应用广泛、发行量大，2013 年被水利水电出版社列为重点教材，目前我正带领年轻教师重新整理出版这本教材。

作为高校的专业课教师，我不仅要搞好教学，还要搞好科研。与老校、名校相比，当时我校科研条件较差，为此，我利用担任“水电站”全国高校教学委员会委员的优势，和武汉大学共同合作完成《三峡水电站坝后背管大比尺（1：2）平面结构模型试验研究》项目，获水利部科技进步三等奖。三峡工程电站水轮机引水管道直径大、水头高，规模之大属当今世界之首，模型试验的成功为管道的优化设计提供了可靠依据，节省了大量钢材。能为三峡工程做出自己的贡献，不仅为学校争了光，也让我感到非常自豪。在较好完成这项工作的基础上，我又先后承接了中国长江三峡工程开发总公司的两个项目《三峡总公司与俄罗斯关于三峡引水管道交流资料的翻译与汇编》和《三峡水电站引水管道优化设计方案工作性态研究》。前者组织翻译汇编了大批珍贵俄文资料，并由三峡总公司出资，出版发行了《前苏联钢衬钢筋混凝土压力管道设计与施工》一书。后者完成了专题研究报告，并将研究成果应用到工程实践，近期已整理成技术专著《水电站坝后背管工作性态研究》，不久将由水利水电出版社发行。

由于我校在三峡主体工程水轮机引水管道方面的突出贡献，“第五届全国水电站压力管道学术会议”于2002 年 10 月 16 至 19 日在我校召开，并出版了论文集，我担任了论文集编委会委员。在三峡主体工程水轮机引水管道设计期间，我还作为管道设计审查专家，参加了由中国长江三峡工程开发总公司技术委员会在北京召开的三峡压力管道优化设计报告审议会，为三峡工程做出了自己应有的贡献，也实现了当年选择水利水电专业的初衷。

2003 年、2004 年，我先后完成了湖北、云南共 5 个水电站的 6 份水电规划报告和可行性研究报告，并担任设计总工程师；2006 年 5 月之前还完成了云南大理州漾濞县沙坝水电站水轮机部分的技术设计。在服务地方经济建设方面，这些年我也一直没有停止过。年轻教师接来的设计项目，只要碰到困难请我帮助，我都是二话不说鼎力相助，从不计报酬。因为我认为，学校服务地方经济建设，不仅能提高师生的实践能力，而且还能创造良好的经济与社会效应。

退休后，我所在的党支部和其他党支部均开展了与学生党支部联合的支部共建活动，我也经常应邀为学生介绍葛洲坝工程、三峡工程和我国水电事业的发展历程等，同时我还承担了老年协会领导下的群众组织“老年读书会”会长工作和水利与环境学院的教学视导组组长的工作。学院曾多次派我参加宜昌市科协召开的表彰会，连续多年被评为“湖北省、宜昌市优秀老科技工作者”，2013 年被湖北省科协评为“全省第二届老有所为科技贡献二等奖”，还多次被评为“优秀共产党员”“先进工作者”等。对组织上给我的鼓励，我一直铭记在心，并激励自己克服困难完成好教学、科研、社会服务工作。

回想过去，我有在课堂上的辛勤工作，有做模型试验时坚守在水工厅的日日夜夜，有带毕业实习生的辛劳……但是，毕竟是苦中有乐：有学生亲切叫我“妈妈”时的喜悦，也有学生走出校门取得成绩的喜悦，还有服务地方经济获得信任与好评的喜悦……所有这一切，汇成一句话，为了水利水电，我一生无怨无悔！

（本文发表于 2014 年 12 月 1 日《三峡大学报》1 版）

默默耕耘育桃李　巴山蜀水写辉煌

——民族学研究专家黄柏权教授从教30年专访

张丽超　周晓明

推开黄柏权教授办公室的门，一张办公桌，一个茶几，一套双人沙发，剩下的就是满满两壁柜的书籍了。黄教授正在让研究生帮着复印研究成果，我好奇地望了望，复印的不是专著就是核心期刊上的文章，不禁对眼前的这位学者又添了几分敬佩。国家社会科学基金学科评审组专家、湖北省宣传文化战线“五个一批”人才、湖北省新世纪高层次人才工程第二层次人才、湖北省政府津贴专家、日本山口大学东亚研究所客座教授、中国西南民族研究学会副会长……这些称谓于他，早已不是什么身份和荣誉，更多的是一份责任和担当。

从普通的中学教师到知名的高校教授

黄柏权时常挂在嘴边的一句话就是“经历是人生最好的财富。”

出生在偏僻的湖北省恩施州咸丰县的黄柏权，1983年从武汉师范学院毕业后被分配到边远的鄂西南山区一所中学任教，一干就是8年。在那里，他学会了刻苦钻研、吃苦耐劳，懂得了读书做学问是人生永不停止的追求。1990 年他调入教育行政部门从事管理工作，1994 年进入高校，先后在湖北师范学院、湖北民族学院、三峡大学任教，中途还挂职宜昌市民族宗教事务局任副局长。黄教授告诉我，他对民族学的兴趣萌生于大学时代，这种兴趣成为他以后科学研究的动力。无论是在中学教书还是在机关从事行政管理，他都坚持一个信念，不能放弃读书和研究。这种信念坚持了 30 多年，正是这种坚持成就了他今天的成绩，使他成为湖北省少有的从普通的中学教师晋升为高校二级教授的学者，从只身一人搞科研到民族学研究团队的形成。

团队是学科和平台建设的基础。无论是在湖北民族学院还是在三峡大学，黄柏权都按照这种思路建设队伍、学科和平台。早在湖北民族学院任民族研究所所长期间，黄柏权就带领着自己的科研团队，与中南民族大学联合建立了湖北省高校人文社科重点研究基地南方少数民族研究中心，并获得了民族学硕士授权点，把民族学建设成为湖北省重点学科。

2006 年初的那个冬天，黄柏权来到了三峡大学。那时民族学学科在三峡大学还像一个蹒跚学步的孩子，科研条件和科研水平都还刚刚起步。一间办公室、一个外聘教授、一个工作人员加上黄柏权自己，这就是学校民族学研究的全部班底。加班加点查资料、定规章、做文件，以办公室为家，学校图书馆没有资料就把自家书房里的书籍搬到办公室来用，就这样，民族学学科的研究平台硬是被他们在短短两个月时间里搭建起来了。2007 年 1 月 13 日武陵民族研究院宣布成立，成立典礼上，来自全国各地 60 余名民族学专家学者前来祝贺。

在学校的大力支持和黄柏权的个人努力下，短短几年他就从全国各地引进了 10 多名民族学、人类学的专家学者，很快一支结构合理、实力雄厚的民族学研究队伍便聚集在三峡大学。中南民族大学副校长、全国民族学专家段超教授评价说，三峡大学民族学研究团队是目前国内最具活力的民族学研究团队。

为了将学校的民族学研究做大做强，提高科研竞争力，学校争取各方支持与湖北省民委联合建立了土家族研究中心，与省文化厅、教育厅联合建立了湖北省非物质文化遗产研究中心，与文化部民族民间文艺发展中心联合建立了武陵地区研究中心……有了这些平台，三峡大学开展各类民族研究学术活动的能力大大提高。在黄柏权的带领下学校先后主办了“土家族确认50周年座谈会”、“非物质文化遗产保护宜昌论坛”、“首届生态人类学高级论坛”、“唐崖土司学术研讨会”等学术会议；他自己也积极参加学术交流，2007－2008年应邀到日本山口大学讲学4个月，并到塞尔维亚、土耳其、塞浦路斯等国家进行学术交流。

这些年来，黄柏权和他的团队，没有双休日、没有节假日，“五加二、白加黑”成为他们工作的常态。每年春节，是大家与家人团聚的日子，黄柏权都在办公室为老师们修改课题申报书。正是这些付出，三峡大学民族学学科从无到有，从有到优，取得的成绩令人振奋。仅黄柏权一人就获得2项国家社科基金课题、4项省部级课题，主持国家社科基金重大委托课题子课题《土家族年》，承担湖北省民族文化专项课题《土家族百科全书》、宜昌市专项课题《宜昌市文化简史》等。2011年民族学学科获得楚天学者岗位，三峡大学也成为湖北省民族学、文化遗产研究的重阵。

从民族学研究专家到学生心目中的好老师

黄柏权作为少数民族预科教育学院的院长，深知教书育人实乃教师最重要的责任和使命。在做好科研工作的同时，他还承担着

1000多名少数民族本科生和10余名研究生的教育培养工作，亲自教授《民族理论与政策》、《民俗学》等课程，并与他的科研团队积极探索内地综合性大学少数民族预科教育的新模式。

黄柏权从2004年开始指导民族学方向的研究生，迄今一共培养了10余名学生。在学业上，他严格要求学生，认认真真做学问，勤勤恳恳搞研究；在生活上，时刻关心着他们的衣食冷暖，发放生活补贴，邀请学生到家做客，学生生病了前去看望、学生找工作帮助解决路费和住宿……一桩桩、一件件，在学生心目中留下了深刻的印象。学生们也都十分敬重和喜爱这位老师，每当黄柏权过生日时，孩子们总会偷偷给他制造一些惊喜，让他感动不已。

在黄老师门下已经学习了3年即将毕业的研究生李为说："黄老师就像是父亲一样，不论是在学习上还是生活中都是我的引路人，对学问他兢兢业业、精益求精，对生活他豁达乐观、踏实认真，指引着我一路前行!"

已经毕业正在中南民族大学攻读博士学位的黎帅同学说："在校读研期间，黄老师就告诉我们要好好做人，踏实做事，现在毕业了，偶尔回去看望老师，老师依旧告诫我们好好工作、努力学习，永远不要停止学习的步伐!"

从民族文化知识的传播者到社会服务的担纲者

除了在高校进行教书育人和科学研究工作外，黄柏权作为宜昌市政协常委和民革湖北省委会委员，身体力行积极参与文化遗产保护传承和社会服务工作，承担一个学者应尽的社会责任。他倡导和主持了"武陵民族走廊文化遗产抢救工程"和"土家族学者数据库"项目，拍摄记录各种文化遗产资料800多个小时，照片20000多张；参与了恩施市历史文化名城、宜昌市老街区、武陵地区古村落的保护工作；参与了20多项非物质文化遗产名录（杰出文化传承人）申报纪录片的拍摄和文本的撰写。他提出建立鄂西文化生态保护区、建立武陵经济文化协作区的建议，受到政府和职能部门的重视和采纳；主持了《湖北民族文化发展规划》的撰写；参与了《恩施土家族苗族自治州民族文化遗产保护条例》和湖北省、宜昌市有关民族文化发展问题一系列文件的起草；承担了“唐崖土司申报世界文化遗产资料搜集整理与研究”。他数十次深入武陵民族地区、宜昌等地调查研究，承担了“湖北民族文化现状调查”等多项调研课题，写出的系列调研报告受到当地党委和政府的高度重视。此外他还承担了“重庆市彭水苗族土家族自治县罗家坨苗寨保护与发展规划”等10多个少数民族特色村寨、最美乡村建设的规划和策划，在少数民族特色村寨保护与发展方面进行了许多有益的探索。为了这些调研，黄柏权已经有五个春节是和妻子、孩子在土家族山乡里度过的了，家人最大的愿望就是希望一家人能够在家里过一个安稳的年。

做学问是一种信仰，正是怀着这种信仰，使他在民族学领域默默耕耘，潜心研究，取得了累累硕果；做工作是一种态度，正是秉着这种态度，使他在民族文化服务方面，埋头苦干，无私奉献，取得了不菲成绩——他就是从教30年的民族学研究专家黄柏权。

（本文发表于2014年12月10日《三峡大学报》1版）

大爱存心口　师德情满天

——访我校从业30年新闻工作者吴太国

胡秋　彭宇

“不管做什么事情，首先要学会的就是爱上它，这样你才能排除万难去完成它。”热情、执着、坚持，这是在采访过程中“口天”先生一直对记者强调的。他是一名优秀的摄影师，学校的发展变迁被他用镜头逐一记录；他是一名勤恳的校报编辑，铅笔尺子的挥动间铺满了对校园新闻的热爱；他是一名受学生爱戴的老师，言谈举止间散发着对学生浓厚的爱。他是严师亦是好友，他是文艺爱好者亦是坚韧的军人，他就是三峡大学校报编辑吴太国老师，学生心目中可爱的“口天”先生。

工作，热情勤奋双管齐下

仔细翻阅《三峡大学报》你会发现，四版文艺副刊中许多精美图片的署名都是“口天”。这位“口天”不是别人，正是三峡大学校报编辑吴太国。14岁开始当兵的他比一般人的经历要丰富，年少从军的经历将他的性格打磨得坚毅从容。从部队退伍后，他来到了宜昌医学高等专科学校任职，在此期间完成了行政管理专业和中文专业的学习。1980 年，吴太国进入《宜昌医专报》编辑部工作，起初他只负责一些简单基本的文字校对工作，“我当时做的都是一些‘打酱油’的工作”，吴太国打趣地向记者说道。时间是最好的老师，在学习钻研中他渐渐对报纸编排有了一套自己的心得和体会，使得他连续四年被评为校级优秀工作者和模范党员，并多次获得全国高校新闻奖和湖北省高校新闻奖。

作为编辑的吴太国，除了做好日常的校报工作，还与摄影有着一段割舍不下的情缘。“当时国家教育部的工作人员来校视察工作，有摄影记者随行，我才知道原来还有新闻摄影这种工作。”吴太国回忆说，当时的他正在学校电话总机室工作，听到这个消息，立刻拿着摄像机跟着随行的记者拍起来，就是这件事改变了他以后的工作和生活。在 40 周年校庆时，学校需要大量的图片进行展览，由于各种原因，此前的照片都丢失了，就在全校上下都在搜集老照片时，吴太国突然想到自己以前拍了很多关于学校的照片。“我匆匆忙忙跑到家里，找了根竹竿在床底下掏了半天，终于把以前的照片找了出来。”吴太国微笑着说。为了学习摄影，吴太国总是主动帮大家拍照，并自配药水把照片冲印出来。起初由于技术不够精湛，中间失败过很多次，但这都没有动摇他想学习摄影的决心。寒冷的冬天有时为了拍出漂亮生动的雪景，他常常在雪地里一站就是几个小时，加班到半夜更是常有的事。

“我当时的工作状态是一手拿摄像机，一手拿照相机。”随着摄影技术的提高，吴太国开始承担学校重大活动的拍摄任务。在 2000 年三峡大学合并之初，学校迎接高校本科教学工作水平评估，吴太国主要负责摄影工作。为了能专心完成工作，他搬到了学校的接待中心，每天跟着评估工作人员奔波于校园的各个角落，最多的时候一天拍了 3000 多张照片。下班后，别人都在休息，他却在灯光下精心地将照片整理分类，有时眼睛看得生疼，他也不停止工作。用餐的不规律加上超负荷的工作，身体强壮的他还是累倒了。“当时还是清洁工发现了我并把我送到了医院。”回忆起这一幕，吴太国记忆犹新。最后当他把40多本精致的相册送到评估工作人员的手中时，看着大家满意的眼神，吴太国如释重负地笑了。“能参与到学校的评估工作中我觉得很幸福，再苦再累都值。”

育人，严厉关爱双重出击

古语有云：“学贵得师，亦贵得友。”学生和老师之间亦师亦友的状态一直以来都是无数教育工作者所追求的完美状态。吴太国和他的学生便一直保持着这种近乎完美的师生关系。

已经毕业了的刘威现在和几位志同道合的小伙伴一起成立了TTL忆时光摄影工作室，工作室所拍摄的作品风格独特，受到了师生们的广泛好评。工作室的主摄影师刘威就是吴太国老师的学生。回忆起以前跟吴老师学习拍照的日子，刘威感慨地说：“吴老师在我学习摄影的道路上给予了很多帮助。”

有一次，刘威在山顶拍摄风景照片，拍完后兴奋地拿给吴老师看，吴老师却对他的照片不满意，不断地指出不足之处，刘威只好一遍遍地重新拍摄。正是由于吴老师的严格要求、精益求精，刘威才能在摄影技术上进步显著，曾获得校内摄影比赛一等奖并在毕业后成立了自己的工作室。

有一年冬天，吴太国把摄影组的同学们派出去拍摄雪景，大家拍了好几遍，吴老师都不满意，大家都有点不耐烦了，他便来到户外手把手地教他们，最终使大家心服口服。“别看拍照是简单的画面、构图、捕捉瞬间，你想真正把它拍好却不是件容易的事情，只有在不断的失败中总结经验，才知道什么是最好。”吴太国这样告诉记者。

“吴老师是一位严师、良友、慈父。”吴太国曾经的学生胡聪说，“每次拍场景时，吴老师都是现场指导，指出问题，教授技巧，之后还会对着照片逐个点评，总结得失。”

“在吴老师的身上我学到了很多很多。”吴太国的另一个学生张程程感慨道：“以前我做事有点拖拉，吴老师每次都会直接指出我的不足，在他的督促下，我改变了很多，他真是一个值得尊敬与学习的好老师。”

同事眼中的吴太国

“吴老师，您看一下我这版的照片可以吗?”“吴老师，能帮我修一下新闻图片吗?”在学校行政楼四楼的校报编辑部办公室，类似这种求助的声音经常可以听到。在同事的眼中，吴太国不仅是个经验丰富的编辑，更是个乐于助人的前辈。熟悉吴太国的人都知道，平日里的他在办公室总是面带微笑，典型的开朗活泼的“老顽童”形象。走出办公室，他胸前总是挂着那个已陪伴多年的单反照相机，奔走于学校各大活动现场，认真完成每一次拍摄任务。

去年刚调入编辑部工作的易娜老师，是初次接触校报编辑工作，各方面经验都比较少。“我进入编辑部的第一天，吴老师给了我一把尺子、一块橡皮、一张版纸，耐心细心地教我画版。”这是易娜至今回想起来仍深受感动的一件事。“吴老师是个经验丰富的老编辑，最重要的是，他乐于帮助新人，总是毫无保留地把自己知道的教给别人，是个值得尊敬的长辈。”同事张丽超这样评价吴太国老师。让她印象最深刻的是吴太国对待工作的态度。“每每想起吴老师对待工作认真的态度，我都会打心底里佩服他。编辑是份极考验耐心的工作，吴老师对文章和图片的要求特别细致，有时候为了能够有一张完美的照片，他会不厌其烦地拍摄和修改，直到满意为止。”

青山不语山更秀，深潭无声潭更幽。他把满腔的热情投入到挚爱的工作中，他把藏于心底浓厚的爱散播给身边的每个人，他把坚定执着的信念融入生活中的每个细节。这就是吴太国———学生们心中可敬可亲的“口天”先生，同事们眼中热情、和蔼、乐于助人的长者。

（本文发表于 2014 年 12 月 20 日《三峡大学报》1 版）

他的爱，在默默耕耘中绽放

——访我校从教30年教师王正清

李冬梅

王正清教授1956年9月毕业于北京大学物理系，随后留校担任助教和讲师；1965年，王正清回到宜昌工作，先后在市七中和市十四中担任物理老师；1979年调到宜昌师专（三峡大学前身之一），创建物理系，担任首任系主任；1989年开始担任宜昌师专副校长；1998年光荣退休。王正清教授曾当选为湖北省政协委员、宜昌市人大代表，并曾任全国师专物理学会会长、湖北省师专物理学会会长、《大学物理》编辑部编委，是师专物理界重要的学术领军人之一。

爱学生　以德育人　从严治教

“愿将青春许孺子，甘为盛世做人梯。”王老师说，既然选择了做一名教师，就应该一辈子用一颗诚挚的爱心去关爱每一位学生，而爱学生是一名教师应具备的最基本的师德。教师的任务不仅仅是教书，还有另一层崇高的含义就是育人。当一个学生走出校门的时候，使他受用终生的不仅仅是书本上的知识，还有影响他一生的价值观和思想道德品质。王老师是这样想的，也是这样做的。

1956年，王正清老师以优异的成绩毕业留校，成为北京大学的一名物理教师。那时大学里还没有专职辅导员及班主任，王老师的工作既是物理教员，也是学生们的辅导老师。王老师清楚地记得，那时课堂上的授课时间是固定的，而课后的答疑却得随叫随到，甚至是主动到岗。辅导答疑的内容有很多，包括学生的作业、习题以及学生思想上、生活中遇到的各种事情。答疑的地点不是现在的自习室，也不是心理咨询室，而是利用课余时间到学生的宿舍一对一进行辅导，几乎每晚如此。

也许是因为刚刚走出大学校门，王老师很容易与学生打成一片，不知不觉中，他与学生们成了无话不谈的朋友。老师的认真勤奋带动了学生的学习热情，学生的求知欲望促动了老师的刻苦钻研。王老师说，学生在不断进步的同时，也收获了自己的人生。

王正清老师在北京大学主要讲授《数理方法》等课程。在此期间，他曾与刘弘度合作，翻译出版了D. 特哈尔的《量子力学习题集》。在几十年的教学生涯中，他先后讲授过《力学》《光学》《原子物理学》《近代物理学》《量子力学》《数理方法》等课程。在长期的物理教学过程中，他积累了丰富的教学经验。在教学中，他特别注重突出物理概念，分析物理思想，培养学生实践能力，做到理论严谨、阐述透彻。尽管有的课程已经教了多年，但他每年还是认认真真地写教案。他说，备课的过程也是自我提升的过程。他非常重视实验课程，提高学生实践能力。在北京大学教书时，所有的实验课器材都是老师们自己亲手制作的。通过实验课，不仅增强了学生们的动手能力，还培养了学生踏实的作风。他主张从严治教，努力把传授知识与培养能力紧密结合起来，同时在教学内容上紧跟物理学科的最新发展，教学方法上充分调动学生学习的积极性和主动性。

王正清教授十分重视教材建设，1985 年，他组织湖北省师专骨干教师主编出版了《原子物理学和原子核物理学》。他与华中师范大学刘连寿教授合编的《数学物理方法》，由高等教育出版社出版后，被多所高校选为课本，不断再版重印，并出版了英文版。20 世纪 90 年代，高等教育出版社特邀请他担任主编，出版了全国高等师范专科学校教材《普通物理·力学》《普通物理·热学》《普通物理·电磁学》《普通物理·光学》。

爱专业　潜心科研　不断创新

在几十年的物理基础研究中，王教授累积了较高的学识水平和深厚的专业功底。他主张大学教师必须搞科研，科研是创造性的工作，只有通过科研，教师的知识才能不断更新。早在 1960 年，他就开始从事原子核物理的研究工作，与张庆营、王耕国一起在《北京大学学报》上发表了《轻原子核的集体参数》一文。1993 年，他被湖北省确定为享受政府特殊津贴专家。

作为华中师范大学兼职研究生导师，王教授协同刘连寿教授指导了庄鹏飞（现为清华大学物理系教授，中科院院士提名人）等优秀学生。在以教学为中心任务的师专，他克服种种困难组建了“粒子物理科研小组”，获得了省教育厅的科研经费资助。该小组长期坚持基础科学研究，取得了可喜的成绩，从 20 世纪 80 年代开始，先后在美国《物理评论》、德国《物理杂志》、新加坡《现代物理快报》和国内权威学术刊物上发表论文几十篇，并获得湖北省自然科学奖。

爱同事　以身作则　以老带新

王正清教授十分注重对青年教师的培养，经常专门为青年教师讲授数理方法，组织试讲，细心指导青年教师上课，并主动为新开课的青年教师当助教，对青年教师所写论文也都给予详细指导。他认为，作为一名教师，首先要热爱学习，备好课是搞好教学工作的重要环节。对于没有认真准备教案的青年教师，他常进行严厉批评。王教授利用“粒子物理科研小组”平台，经常与青年教师进行学术上的研讨。青年教师每每在科研上取得成绩，他总是感到非常欣慰。在40多年的职业生涯中，他为学校培养了一批优秀的中青年教师，这些中青年教师有的成为省管专家，有的成为享受政府特殊津贴专家，有的成为二级教授，现在正活跃在教学科研的第一线。当年的年轻老师如今都收获了学生的爱戴和事业的成功。谈起当年，他们对王教授的谆谆教诲仍记忆深刻。正如一首歌的歌词中写道：“长大后，才知道那间教室放飞的是希望，守巢的总是你；长大后，才知道那块黑板写下的是真理，擦去的是功利；长大后，才知道那个讲台举起的是别人，奉献的是自己……”

正所谓“师者，所以传道授业解惑也”，王教授就是这样，以蜡烛精神，燃烧自己，照亮别人，用专业的技能浇灌着他人，用无私的品德引导着他人，用自己的爱温暖着他人。

（本文发表于2015年3月19日《三峡大学报》2版）

理想　信念　奉献

——访张光明教授

杨雅亭　李冬梅

造访张老家中，案上摆了十几本书，分别记述了他在中学、大学及海南从事革命斗争，以及新中国成立后从事教学工作、社会活动的经历。其中一篇传记于 1997 年载入网站，打开电脑即可查到。我们还看到 2005 年中共中央、国务院、中央军委给他颁发的纪念抗日战争胜利 60 周年的纪念章。

“青年人要有理想、信念，并有为实现理想信念而献身的精神，甚至是抛头颅洒热血。”这是张老给现代青年的寄语。张老就是在对崇高的革命理想和信仰的不懈追寻中走过了几十年风风雨雨。

张光明 1923 年出生于河南开封。1935 年北平爆发了“停止内战，团结抗日”的“一二·九”学生运动，全国响应。当时读初中的他也参加了罢课、游行、示威、卧轨，对革命有了初步了解。抗日战争爆发后，他参加了一个抗日宣传话剧队，从洛阳、宜昌到重庆。1939 年考入四川自流井的东北中学，此校由张学良创建，素有革命传统。当时地下党支部书记正是他同班好友，在他的领导下，对三青团国民党进行斗争。当时，日寇残暴入侵、山河破碎，旧政府贪污腐化、民不聊生。“中国往何处去”是时刻萦绕在他心中的问题。现实使他坚信：只有共产党才能救中国，决心跟随党奋斗终生。

1942 年张光明考进中央大学医学院。1944 年夏，他和三个同学受到了中共四川地下省委副书记张友渔的接见。当年 10 月中共中央南方局在成都组建秘密外围“民主青年协会”以统一领导成都学生运动，他是首批成员。1946 年学校迁返南京，关系转入南京地下市委领导的“新民主主义青年社”。1947 年 4 月在组织安排下他竞选中大学生自治会副主席成功，随即参与组织全国响应的“五二 O”反饥饿反内战运动。十天后转战陕北的毛泽东同志写下“蒋介石政府已处在全民的包围中”，将这场反饥饿反内战的进步学生运动称为对蒋作战的第二条战线，蒋政权必将覆灭。

1947 年 6 月，在中共中央上海局的领导下成立了全国学联（地下），蒋政府社会部立即宣称它，应立即解散，并将为首分子逮捕法办。在这高度白色恐怖下，张光明受命于 8 月 6 日在首都南京代表全国学联公开召开中外记者招待会，向全国及国际社会宣布全国学联成立，并发表宣言，抗议反动派迫害进步师生。当时他和九位同志编入“公开工作组”，和敌人开展公开斗争，做好了随时被捕的思想准备。地下党支部书记向他宣布三项纪律：一、被捕后不得吐露任何组织秘密；二、释放后不得再与组织联系，待组织调查清楚后，会主动通知恢复组织生活；三、必要时可从南京撤离，到外地后要与组织联系。

1948 年 8 月 19 日，蒋政府在南京各大学开展大逮捕。张光明立即从南京撤退，经无锡、河南到了海口，在海南大学医学院做了助教。此时他在南京单线联系打通关系的同志，一些已被捕，一些已撤退，无人可联系了。后来在广州联系到同学陈为敏，他们二人决定由她购置手术器材和药品一同进入解放区，到东江纵队作军医。

五月初她又来一信:“四爷爷就要到南方做生意,现在妈妈最担心的是在战乱中把妈妈的信件、日记、首饰、财物流失。我们不去老家了,你就留在海口做好此事吧。此事要找朋友帮忙,我无法介绍,你自己细心找吧!”很明显,四野即将南下,城市工作成为中心,要保护好敌人档案、文件、黄金、工矿财产,以便完整接管,他们不去解放区参军了,留在海口找地下党。

三个月后,1949 年秋,张光明参加海口特区党委领导的海南地下学联,开展各种地下斗争:团结教育师生,扩大进步力量;贴标语,撒传单;收集情报,向解放区送情报;发动国民党行政、军队消极怠工、起义。他的办公室就是学联地下油印所之一。1950 年 1 月他们奉命以解放区北区专员公署名义印发“警告信”,责令各单位保护好档案、文件、黄金、美钞、工矿设备以待接管,违者严惩,还盖上了用蜡刻制的专员公署大印和专员的私章,分别邮寄给反动派党政军银行工矿企业。此时四野已进驻对岸、准备强渡。海口已是前线,军警林立,夜晚戒严,街上警车呼哨,随时抓人杀人,敌人已是杀红了眼,高度白色恐怖令人窒息。敌党政军长官看到警告信一定震怒。如果他们确有本领侦破,张光明肯定要在受尽酷刑后血溅海南。

1950 年 5 月 1 日,海南解放。2000 年中共海口市委为纪念海南解放五十周年编撰图书《功绩永存》。书的后半刊载了几百位对海南革命斗争做出贡献的同志的小传,张光明的小传位列其中。

1948 年,张光明在海南大学任教,1952 年晋升讲师,1954 年调任湖北医学院工作,教授《生理学》。1958 年,湖北医学院奉省委指示在宜昌创建分院,委派他及刘孝全等 7 人来宜筹办。历经三个月的筹备,创建了宜昌医学专科学校。

张光明历任宜昌医学专科学校教务科长、副校长、校长、名誉校长，直到1998年他75岁时办理离休手续，离开他热爱的工作岗位和三尺讲台，而此时他已经整整任教五十年。

在此期间，他基本上都是采用自编教材。1979年，张光明受中央卫生部委托主编医学专科统编教材《生理学》，1980年由人民卫生出版社出版。1987年他做了全面修订，出版第二版。直到1993年，14年间18次印刷共发行42万册，全国医专、某些生物系和各种进修班也多采用此书。1992年，张光明受国家中医药管理局委托为中医专科主编了《生理学》，2003年已80岁高龄的他又出了修订二版。

在半个世纪的教学生涯中，张光明经常阅读国外专著和大量国际期刊，随时掌握生理学在国际上发展的最新动态，并关注生物科学当前的新发展，使他的教学内容保持先进性。他认真备课，总是把讲课中每一句都字斟句酌反复推敲，并全部背诵下来。他讲课和做学术报告从不看课本和讲稿。下课后，他又要把讲课过程中的每一句话从头至尾回忆一番，看有无不妥之处，以便精益求精。他讲课内容句句有文献根据，准确规范。他熟悉生理学发展史，对于重大理论发展，经常讲一下是哪位科学家，何时做了什么实验证实了这个理论，启发学生思维。他认真学习外围课程，以便在讲课中与相关课程承前启后。他讲课中也经常讲些“闲话”，但闲话不闲，教导学生如何做学问，如何做人。他讲课充满激情，视野广阔，旁征博引，条理分明，词汇丰富，逻辑严谨，不失风趣，给学生留下深刻的印象。

在从事教务工作时，他始终把培养教学骨干作为头等要务并为此采取了多种措施：他亲自抓外文期刊和图书的预订，为教师提供大量的文献参考资料；为提高教师英语水平，他举办初、中级英文培训班，并亲自授课，使得众多教师提高了阅读外文文献的能力；每学期都组织多场学术报告，提高教师业务水平；为提高教师的基础理论水平，鼓励他们继续深造。

他自学《心电图学》，熟读国内外专著，浏览国际心血管病期刊，了解国际最新学术动态。1976 年，他率先面向全省开班教授《心电图学》，为全省培养了几十位心电图医师。之后又对本校和地区医院全体内儿科医师进行了业务培训，为医疗事业的发展做出了自己的贡献。

张光明 1956 年参加农工民主党，曾任农工党中央委员、湖北省委副主委、宜昌市委主委、宜昌市政协副主席。

张光明从 1983 年起三次当选第六、七、八届全国人大代表，听取审议国家大政方针，15 年中签署 100 多件提案和意见。特别值得一提的有两件：1984 年由裘法祖教授牵头联合几十位外省医卫界代表，提议在有条件的医学院每年招收几十名 8 年制学生，毕业时授予博士学位。此提案当即被中央采纳，但只授予硕士学位。另一件是 1996 年民建一位同志和他发起提出一个提案，为了防止地方政府干扰反贪，建议由中央纪委或由人大常委会成立一个机构垂直领导地方反贪。由于种种原因，此提案被搁置。十八大以来，中央提出两个“主要”，即地方反贪主要由上级纪委办理，地方纪委的选任主要由上级纪委决定，他十几年前的想法终于有机会实现了。

张老虽已年届 91 岁高龄，仍孜孜不倦从书刊、电视、电脑中学习理论、党史、时事政策。“家事，国事，天下事，事事关心。”他一直在思考，一直在求索。

（本文连载于 2014 年 9 月 1 日、9 月 10 日《三峡大学报》3 版）

北山坡上“不老松”

——记三峡大学吴柏森教授

田吉高

宜昌城有个地名叫北山坡，坡上有一所大学，曾被人戏称为“北大”。由中国革命教育家徐特立先生题写校名的宜昌师范高等专科学校（三峡大学前身之一）坐落在这里，走过了半个世纪的光辉历程。而今，学校虽几经变迁，但仍是一派生机，只见楼舍排排，草木青青，标准的塑胶跑道田径场，依然活跃着年轻的大学生。长期从事古典文学教学与研究的吴柏森教授，见证着学校的历史，他将自己的青春年华与整个生命同祖国的师范教育紧紧地连在一起，栽桃育李，辛勤耕耘，历经春秋56载，被他的学生和同事誉为“教坛上的不老松”。

学府受命

1935年2月，吴柏森出生在湖北省黄梅县，后举家迁至九江。他在九江长大，后考入华中师范学院。在学校读书，他勤奋学习，刻苦钻研，热心为同学服务。参加工作后，他一心跟着党走，思想要求进步，工作从不挑肥拣瘦，认真完成各项任务。他非常感谢组织上一直以来的关心和器重，积极向党组织靠拢，1961 年光荣地加入了中国共产党，时年 26 岁。

吴柏森本应在 1959 年修完大学学业，但当时全省各地区新办师范高等专科学校，从武汉大学、华中师范学院挑选了 40 名在校大学生，让他们提前一年毕业并分配到省内各地区。上级的决定就是命令，吴柏森二话没说，从省城来到宜昌。面临全新的生活、学习与工作，满腔的青春热血在吴柏森胸中涌动。

筹建师专

50 年代的宜昌相对来说还是比较落后的。宜昌师范高等专科学校要在它的前身湖北省立宜都师范学校的基础上筹建，选址北山坡，可当时的条件十分简陋，除了几间平房，就是荒山野草，一片萧条模样。

采访中吴老师对笔者说："我受党的教育多年，艰苦没把它当回事，工作需要我，我就在这里干。"吴教授说得很平实，亦是发自内心，但当时的艰苦环境确确实实在考验着每一个人。建校舍需要挖山平地，没有机械，他们就握着锄把和铁锹，凭着双手，以愚公移山的大无畏精神激励自己。天一下雨，脚下便是一片泥泞，别说干活，连走路都很困难。吴柏森没有打退堂鼓，他融于学校大家庭，与大家一起挥洒汗水，共苦同甘。

后来，学校的教室、宿舍陆续建起来，调进了一批老师和员工，购置了许多的书籍和资料。单从文科的师资力量、图书和物资装备来看，全省师专中宜昌师专应该是较强的。

与众多教职工一起回忆过去日日夜夜的艰苦奋战，吴柏森感受到所有的付出与努力都是值得的。看着新兴的宜昌师专的发展与变化，他们的脸上写满了自豪，内心的喜悦无以言表。

教学相长

吴柏森参加工作后，与三尺讲台相伴，一生未脱离过教学。50年代末，师专开始招收学生，有的是调干生，有的是领导，还有从部队来的，学生的年龄有的比老师还大。上课时，吴柏森是老师，下课后，吴老师和学生一起劳动，一起下乡，感情十分深厚，师生间没有什么隔阂。吴柏森教授回忆说："特别喜欢学生提问，希望他们有反应，课堂气氛活跃。下课铃一响，学生们很快会围过来问这问那。"晚自习，吴老师经常到教室和宿舍，与学生一起讨论问题。吴老师对学生们说："做学问要实事求是，希望你们提出的问题我答不出来，这表示你们有水平，我回去查阅资料，等弄清楚后再作回答。"

吴柏森先后担任语文教研组长、科主任、系主任、教务处长，经常是教学、行政工作双肩挑。他虽然很忙，但很充实，身上总有一种信念在支撑，总有那么一股子劲，总是兢兢业业地在工作，多次被授予学校"优秀共产党员"、"先进工作者"等光荣称号，还被学校推荐上报评选为"全省教育系统劳动模范"。

吴老师喜欢买书、看书，他的卧室中，四个大立柜的书装得满满的，新买的书进不了书柜，他只好在书桌旁另搭起架子存放。吴老师从不觉得书多，在这方面他很有体会，有时遇到问题随手拿起书一查就管用了，书还是多一点好。吴教授常说："我们当老师的，真正要把教学搞好，搞点研究成果出来，必须要坐得下来，多看书。我们读书，如果能发现书中的问题，那就是真正读进去了。"吴是图书馆的常客，馆藏的四库全书几乎无人问津，他感到很可惜。

吴老师对青年教师很关心。青年教师出的书送给他，他都会认真地去看，并中肯地与他们交换意见。

潜心研究

教学和科研从来都是紧紧联系在一起的。一个好的老师，应该而且必须要能潜下心来搞点研究。吴老师曾是宜昌师专学报的副主编，并担任学校古籍文献研究所所长。吴柏森从 1980 年发表关于薛宝钗的论文开始，结合教学与研究的丰富实践，在学报等刊物上公开发表了一系列的学术论文。接着又承担国家古籍整理出版领导小组和全国高等院校古籍整理研究工作委员会资助、分别由华中师范大学和湖北大学牵头进行的“明实录”、“清实录”整理工作，独自完成了《明实录类纂·军事史料卷》，由武汉出版社出版。

此后，吴柏森完成了宜昌文化书系《屈原诗歌释读》、《欧阳修夷陵诗文评注》的修订、审定工作和《“容美纪游”校注》，出版了《古代屈原戏曲注评》《古代昭君戏曲注评》等多本著作。著名杂文作家符号先生在评论吴柏森的成就时说：“无论从古典文学还是地方文化的角度看，都具有填补学术空白的价值。”吴老师以自己的勤奋和敬业、执着与奉献，使自己步入了人生的黄金时期。

随着年龄的增长，他的耳朵时而会出现重听，自嘲为“东山聋叟”，常以此为笔名出现在自己的文稿和书法作品上。值得一提的是，吴老师的甲骨文书法及兰草、青竹等画作，经常在学校、市、省和国内书画大赛中入选、入展并获奖。2014 年初，学校老干处举办诗词班，聘请他为老年学员们上课，吴老师想到将要结识诗词学习创作的许多知音，很高兴地答应了。为此，学校新成立了老年求索诗社，出版了求索诗刊，老年朋友们在诗社唱和吟诵，在自己的刊物上激扬文字，欣喜之余，都会竖起拇指赞美学问深厚、朴实可亲的吴老师。

2015 年，图书馆门前的青松又增加了新的年轮，而吴柏森教授也在早春二月八十初度。我们相信，“80 后”的吴柏森教授一定会更加精神，更加健康，鹤发童颜，潇潇洒洒。他希望大学生尽快成长，不断地超越老师，超越前人。那时，他也一定会欣喜地对着年轻人说："世界是你们的，也是我们的！"

好一个"东山聋叟"，我们为你而歌！

（本文发表于2015年5月15日《三峡大学报》4版）

第四篇 04

求索创新结新芽

赫兹接触的跟踪者

——记机械与动力学院田红亮博士

王奥　严闯

田红亮，三峡大学机械与动力学院博士、副教授，主攻赫兹接触。曾主持国家自然科学基金资助面上项目，以第一作者发表非会议、非增刊SCI收录期刊论文2篇、EI收录期刊论文16篇，授权国家发明创造专利1项，其中2013年发表和录用期刊论文12篇。现担任期刊"*Inverse Problems in Science & Engineering*"、《西安交通大学学报》、《农业机械学报》的审稿人。

走进田红亮的办公室，堆满学习资料和手稿的书桌立刻吸引了记者的眼球。据了解，田红亮每天晚上都会坚持学习到10点。他说："做自己喜欢的事，感觉很快乐。"对大多数人而言，赫兹接触这种纵向的学术研究枯燥乏味，然而田红亮却乐在其中。不仅如此，他还深入研究和探索发现更多有趣的东西。田红亮研究解析几何十几年，所有的研究都建立在严谨的理论推导上，从不敢懈怠。他一直强调兴趣才是影响一个人选择未来工作的关键，长期从事自己不感兴趣的工作，人会失去努力的动力，无法充实地度过。

赫兹和Timoshenko是田红亮最崇拜的科学家。在谈及赫兹时，他说："赫兹对人类文明做出了很大贡献，不仅通过实验证明了麦克斯韦的电磁波理论，更为无线电、电视和雷达的发展找到了途径。他还改写了麦克斯韦方程组，将新的发现'光电效应'纳入其中。"田红亮还告诉记者，在 Timoshenko 的著作里很难找出错误，这些都说明，做事必须严谨认真才能发现他人所不能发现的东西，最终取得成功。深受这两位偶像的影响，田红亮也一直严谨治学，并时刻保持着平和的心态。他相信，只要自己做一些实际的努力，日积月累，终会有所收获。他喜爱数学，对于不懂的数学公式总是会打破砂锅问到底："这个公式是怎么得来的？它为什么会是这种形式的？还有没有可能用其他的方法解答？"当书本知识与实践结果有所出入或存在对立时，田红亮都会仔细分析，找出其产生的原因。他认为，只有理论和实践紧密结合，得出的结论才会有意义。

田红亮一直注重寻求解决某个问题的核心技术，在《工业机器人技术》课外实践课上，他将求解隐函数、无原函数的定积分的多套通用程序提供给学生，鼓励同学们大胆探索学术难题。对于论文的发表，田红亮更重视所发表期刊论文的质量，而不是数量。机械与动力学院院长赵春华和副院长张屹也曾鼓励他："珍惜教师岗位，珍惜国家自然科学基金资助面上项目的机会，深挖自己的学术发展潜力，努力提升所发表期刊论文的档次。"2013 年，田红亮取得了丰硕的科研成果，在专业学术期刊上发表的论文就有 11 篇之多。当记者惊讶于此时，田红亮说："如果没有学校提供的机遇，就不会有我今天的收获。"

一位执着于科研的教师，一位能在科技领域中发现快乐的学者，田红亮用认真严谨的治学态度书写着人生的华丽篇章。

（本文发表于 2014 年 4 月 1 日《三峡大学报》2 版）

人生，在追梦中花开

——访土木与建筑学院、湖北省协同创新中心谈云志副教授

黄天鸿

谈云志，工学博士，三峡大学“151 人才计划”学术带头人。2009 年以来，主持国家自然科学青年基金“荷载与增减湿循环共同作用下压实红粘土的变形特性”；参与国家自然科学基金重点项目“暴雨诱发滑坡的致灾机理、风险评估与减灾方法研究”；参与水利部行业公益基金项目；参与国土资源部三峡库区地质灾害防治研究项目。在《岩土力学》《岩土工程学报》《实验力学》等刊物上公开发表论文 40 余篇，其中被 EI 收录 20 余篇，已申请和授权的发明与实用新型专利 8 项。

追梦：衣带渐宽终不悔

“勤奋和坚持是支撑我做科研的两根拐杖。”这是谈云志对自己治学态度的描述。他说：“当前的科研评价内容比较多，要把科研项目、学术论文、产权专利和科技奖励等指标都协调好，只有多付出一些时间和精力。”时至今日，谈云志依然保留自己读博士时的习惯，时间几乎都在教室、实验室、办公室里度过。他笑着说：“这样

的生活方式也遭受了儿子的戏谑——‘爸爸一点都不会当，不陪我玩’。”他的努力和坚持使自己在而立之年便有了一些可圈可点的成绩。目前，他主持有国家自然科学基金和博士后科学基金等纵向项目4项，横向项目9项；发表学术论文40余篇，其中EI收录20余篇；申请专利8项，其中已获批3项；参与省级奖励2项。谈云志除了追求自己的学术梦想之外，也没有忘记把科研的热情传递给学生。他指导的作品《城市绿化区过渡带的内涝消减机制与消减潜能预估模型研究》，荣获第十三届全国大学生“挑战杯”课外学术科技作品竞赛二等奖；他指导的《竹高跷模型》荣获第七届全国结构设计竞赛二等奖。类似这样的科技创新比赛，谈云志指导的团队多达十几个，均获得不同等级的奖励。

谈起自己取得的成绩，谈云志归结为赶上了好机遇。他说，从国家、学校到学院都重视年轻人的发展，在科研项目和人才计划等方面都给予了很多支持和倾斜，如国家自然科学基金委设立“青年科学基金”、“优秀青年科学基金”、三峡大学实施“青年拔尖人才计划”等。学校对科研成果的奖励力度比较大，激励大家攀登科研高峰。他说，科研最终的价值是服务社会和服务教学，把个人的科研想法展示和传授给学生的过程，其实也是证实个人观点是否正确的契机。前两年，他对城市内涝问题思考颇多，但由于时间和精力不够，一直不能全面深入地分析，最终利用大学生暑期社会实践活动和“挑战杯”学术比赛活动初步实现了自己的愿望。

“科研经费投入不足”和“科研成果产出不多”是绝大部分年轻人在科研起步阶段都要面临的两大难题。谈云志说，过多抱怨只会消磨意志和动力。要面对现实，积极寻求支持和助力，尽最大努力做好自己可以完成的工作。他说：“现在我科研中面临的困难依然很大，除了坚持也没有其他更好的方法。不过我深信，只要坚持下去就能云开见月。把战胜困难当作是攻克科研难题，也许这本身就是一种研究。”

育梦：春风化雨细无声

个性化教育是谈云志推崇的教育理念。他认为每个学生都有自己独特的一面，对于不同的学生不能用同样的标准来衡量。谈云志是2011级土木工程1班的班主任，他班上的小何同学虽然对课程学习显得不是很感兴趣，但他很喜欢唱歌，获得了很多校级比赛奖项。与小何差异颇大的小王同学虽然参加文艺活动少，但她学习十分刻苦踏实，成绩也非常优异。虽然他们两位差别很大，但在谈云志心中他们都很优秀。他说：“好学生的评价模式不能追求标准化，只要学生能完成学校的最低要求，让爱好学习的去钻研，让爱好文体的去发展自己的特长，都是值得肯定的。”

谈云志喜欢与学生闲聊。每当到学生宿舍走访时，他总会主动与学生进行交流，主题往往与课堂内容关系不大。“课堂上的教学总是专注知识讲解，到底学生对这门课有什么好的想法和建议我们都不得而知，所以我很珍惜每一个与学生交流的机会。聊天可以将我的理念与希冀渗透到话语里，在潜移默化中影响学生，向他们传输一些‘正能量’。同时，和90后的学生交流，对自己来说也是了解时代潮流的好机会。”他说道。

在谈云志的带领和指导下，他们班级连续两年被评为土木与建筑学院“华祥”十佳班级，并于2013年被评为三峡大学优良学风班。班级的英语四级通过率97.67%，位居年级第一，被评为四级冠军班。班级的学生发表学术论文约5篇、获得全国结构设计竞赛二等奖1项、湖北省挑战杯和全国挑战杯各1项、湖北省土木论坛大学生科技作品二等奖1项。他指导的硕士研究生获得三峡大学优秀硕士学位论文 1 次，指导的本科生获得湖北省优秀学士论文 2 次，带领过的暑期社会实践团队 2 次被评为湖北省大学生暑期社会实践优秀团队。

聊梦：望天际云卷与云舒

“高调做事，低调做人”是谈云志的处世原则。虽然他在事业上已取得不小成绩，但总结和反思不足已成为他生活的一部分。作为一名青年教师，他深感自己缺乏历练。他谦虚地说：“由于成长经历是从学校到学校，自己经历得太少，在很多方面还很不成熟，需要锻炼。”谈及自己所取得的成绩时，他说：“很多工作都不是一个人能完成的，这背后有学校、学院领导和同事们的鼓励、支持，我只是接力赛中碰巧最后冲刺的那个选手。”

谈到未来的发展，谈云志直言自己有很多不足。面对失败要总结教训，越挫越勇；成功时要超然豁达，心如止水。“无论教书育人还是为人处事，都要心境平和，善待他人。对于别人的不理解，要学会包容，对于他人的帮助与支持，要学会感恩。这些都是我要努力提升的地方。”谈老师展展眉头说道。虽是工科毕业，但谈云志也热爱阅读人文方面的书籍，对他来说，透过人文故事往往能找到意想不到的收获，在寻找创新点的同时修身养性，也使自己的心智更加成熟。

（本文发表于 2014 年 3 月 10 日《三峡大学报》2 版）

潜心科研　耐心育人　用心服务

——记“湖北省有突出贡献中青年专家”何正权教授

付高信　张丽超

何正权，男，博士，教授，硕士生导师，三峡大学生物技术研究中心副主任，中国农工民主党三峡大学总支委员会副主委，政协宜昌市第五届委员会委员。他2003年从浙江大学生命科学学院遗传学专业博士毕业后，于当年10月被引进到我校生物技术研究中心工作。作为一名大学教师、单位负责人、党派基层负责人及政协委员，他担负着教学、科研、管理和参政议政的多重职责。工作以来，他在各方面均取得了出色的成绩，得到了领导、同行和群众的一致肯定。2010年被评选为宜昌市“十大杰出青年”；2014年被湖北省委、省政府授予“湖北省有突出贡献中青年专家”荣誉称号。

潜心研究，科研领域的带头人

在科研工作上，何正权立足于三峡地区丰富的生物资源，放眼国内外学科前沿，脚踏实地、夜以继日，在自己专业技术领域不断钻研、探索、创新，挑战着一个个技术难题。在国家转基因植物研究与产业化开发专项“耐贮藏的转基因水稻的研究”研究中，根据分子设计的原理，获得了农艺性状好且耐贮藏的转基因水稻。这一成果不但对保障我国的粮食安全具有重大而深远的意义，而且对农作物种子的保存具有重要价值，被科技部项目验收专家组评定为超额完成任务，达到国际先进水平，成果获得了2007年浙江省科技进步二等奖。他在牵头完成的“珍稀濒危植物巴东木莲的生殖衰退及濒危机理研究”课题项目中，发现了巴东木莲种群破碎及其生殖与繁育能力的衰退是导致该物种濒危的主要原因；探索出能有效提高该物种结实率和种子萌发率的繁育技术体系；利用该技术在神农架国家级自然保护区等地方建立了巴东木莲种质资源库，为巴东木莲苗木繁育和自然种群修复奠定了良好基础。该成果达到了国际领先水平，获得了2006年湖北省科技进步二等奖。

近年，他先后主持了包括国家自然科学基金3项、国家林业局“948”项目及湖北省青年杰出人才项目在内的各级各类项目10余项；在国内外学术期刊发表了学术论文40余篇；他也先后被遴选为湖北省新世纪高层次人才工程第二层次人选、三峡大学植物生物技术学科学术带头人以及三峡大学“青年拔尖人才培育计划”第一层次人才；2007年获得了由省委组织部、省人事厅、省科协颁发的第八届“湖北省青年科技奖”。

细心执教，学生心中的好导师

作为一名大学教师，他更是不忘人才培养的神圣职责。在教学工作中他始终坚持做到爱生如子、言传身教、教书育人，用学生乐于接受的教学方式传道、授业、解惑。在传授专业知识的同时，他还教会他们如何学习、如何做人，注重培养学生的综合素质和实际应用能力，做国家和社会有用之才。他用严谨的治学态度和学术精神感染了身边的每一位学生，得到了学生的尊敬和爱戴。他指导的学生多次获得湖北省学士学位论文一、二、三等奖和三峡大学优秀硕士学位论文等奖项。在学生眼里，何老师严肃认真、一丝不苟、以身作则，教学生动活泼。他也因此多次被授予“湖北省优秀学士学位论文指导教师”、“三峡大学优秀硕士研究生指导教师”和“三峡大学优秀教师”等荣誉称号。

精心管理，学术团队的引路人

作为三峡大学生物技术研究中心副主任，他担负着中心的实验室、学术团队建设及日常管理等工作。2003 年 10 月起，他和同事们一起着手中心的组建和实验室建设。从实验室规划布局、装修到仪器设备的购买、安装调试，再到人才引进、学术梯队的建设与培养、学科方向的凝练以及如何更好地参与学校学科建设，每件事情都用心设计、长远规划。经过十年的建设和发展，中心已成为三峡大学一个重要的科研、人才培养和学科平台以及湖北省重点实验室的重要组成部分，逐步形成了一支在国内外有一定影响力的学术团队。团队近年先后承担了包括国家自然科学基金 12 项、国家“十二五”科技攻关项目 2 项及湖北省自然科学基金重点项目在内的科研项目 50 余项、科研经费累计一千多万元，获得省部级科技奖励 3 项、发表学术论文 200 余篇、获得国家发明专利授权 5 项。团队 8 名成员中，4 人晋升为教授，2 人被遴选为“省管专家”；8 人均先后被遴选为学校“151 人才”的三峡学者、学术带头人和学术骨干。

热心服务，新农村建设的好助手

在搞好科研的同时，何正权积极投入到科技服务社会的工作中，2007 年，他加入由 5 名留学归国人员创建的宜昌扬子果园生态农业有限公司团队，负责种苗繁育及引种栽培等技术。在宜昌市夷陵区省级贫困村——柏家坪村种植蓝莓近500亩，带动30多户当地贫困农户年增收2万多元，多次被国家及省市媒体跟踪报道，产生了良好的经济和社会效益。

农工党市委会开展的社会服务活动中，要送农业科技下乡，他总是利用自己的休息时间到农村，到田间地头为农民传授农业科普知识，深受农民的欢迎。他身为三峡大学总支副主委兼一支部的主委，精心为总支、支部开展活动做好服务工作。他也先后被授予“优秀农工党党员”、“双岗建功先进个人”等荣誉称号。

参政议政，党外干部的好榜样

作为一名农工党党员和市政协委员，何正权深知调研、视察是做好参政议政工作的基础，每当有政协或党派组织调研活动，不管多忙，都尽量挤出时间积极参加，关注民生、关心社情民意。他先后多次代表党派在市委的“双月座谈会”上就宜昌市新能源、新材料产业发展以及生物产业规划与发展等专题进行了主题发言，还多次被邀请到市政府就宜昌市现代农业以及种苗产业发展等问题进行座谈，积极为宜昌的发展建言献策。近几年来，由他执笔撰写的农工党集体提案《构建基层农业科技服务体系的建议》《加快发展我市生物产业的建议》等多件提案获得市政协优秀提案，得到市委市政府高度重视。他撰写的《加快推进我省农业现代化的建议》被作为农工党湖北省委会递交到省政协的集体提案，得到省委省政府高度重视。

根据省委组织部、省委统战部的统一安排，他于2013年6月起到恩施州农业局挂职锻炼，任副局长。从学校教学科研到政府部门领导，他在新的岗位上谦虚谨慎、主动学习，围绕局党组交给的分管工作任务和目标积极调研，大胆创新，在较短时间内走遍了恩施州所辖八个县市，对基层工作、农村状况、农民生活都有了更深入的了解。同时，他利用自身专业优势积极为恩施州的农业发展当好参谋、积极作为，树立了党外干部的良好形象。

（本文发表于2014年10月1日《三峡大学报》1版）

肖述章：让青春与奋斗“有机合成”

王星

湖北省“楚天学子”、“151”学术带头人、校级优秀教师、第二届“我心目中的好老师”优秀教学奖获得者、“青年拔尖人才培育计划”第二层次人选，直至破格成为生药学院最年轻的正教授……十多年的治学之路，肖述章把青春与奋斗“有机合成”，绘就了一条绚丽的人生曲线。

攻关，在科研路上奋力前行

肖述章是三峡大学自己培养出来的优秀人才。2007 年 8 月获得博士学位后，先后赴美国内布拉斯加大学林肯分校、圣母大学从事博士后研究，主攻近红外荧光染料的合成。经过艰辛的攻关，他合成的试剂在老鼠体内的测试获得了成功，并与美国 MTTI 公司合作进行商业开发，实现了部分荧光探针的商业化。

2010 年，就在他的事业发展得如火如荼之时，肖述章接过母校的橄榄枝回到三峡大学，从事他热爱的教育事业。除了睡觉和吃饭，剩余时间都奉献给了教室和实验室。近几年，他主持了数项国家自然科学基金项目并取得成果。经过艰难的摸索，他成功地克服了染料固态下荧光淬灭的难题，实现了固态下荧光的可逆调控。他将荧光染料应用于生物体系，可高灵敏度地进行生物体内的荧光成像，与核磁共振成像相比灵敏度大幅度提高。仅 2011、2012、2013 三年就发表了 15 篇 SCI 论文。

育才，把创新能力摆在第一位

近几年，肖述章一直承担着本科生的《有机化学》等多门主干课程和研究生教学任务。肖述章十分重视学生的创新能力和专业素质的培养，针对本科学生普遍存在的实践动手能力弱、科研创新能力欠缺等问题，他一方面努力提升学生的科研实践能力，在实验室为本科生进行课程之外的实验培训，另一方面鼓励和指导学生积极申报科技创新活动项目和各类学科竞赛。

几年来，肖述章的辛勤付出结出了串串硕果：他指导的本科生毕业论文多次获得湖北省优秀学士学位论文；他培养的学生参加湖北省大学生化学学术创新成果报告会，先后获得 2 个一等奖、3 个二等奖和 1 个三等奖。去年，他的学生在国际学术期刊《化学科学》上发表论文，影响因子达到 8.60。

关怀，做学生的知心“肖哥”

在学生们心中，肖述章不仅是一名好老师，还是大家的知心“肖哥”。担任班主任的 5 年多来，他与班上的学生打成一片，热情宽厚地对待每位学生，始终把学生的成长记挂在心头。对于生活有困难的同学，肖述章会积极帮他们寻找勤工助学的机会，为他们提供在实验室里洗瓶子、合成简单中间体等工作岗位。当他得知有学生因为缺钱而节衣缩食、营养不良时，当即拿出 1500 元塞到学生手里。科研压力再大，他也要抽空到学生宿舍转转，鼓励大家勤学上进。毕业前夕，他又会像对待弟弟妹妹一样，为学生们答疑解惑，分析利弊，推荐工作单位。许多学生受到他的感召，毕业后考上了研究生，像他一样用知识构筑着精彩人生。

（本文发表于2015年4月1日《三峡大学报》1版）

木莲盛开巴东县　科技转化育新芽

——记生物与制药学院陈发菊教授

熊然

陈发菊，森林培育博士后，教授，硕士生导师。现任三峡大学生物技术研究中心副主任，三峡学者，三峡大学植物学学科带头人。主要从事植物生殖发育与植物细胞工程等方面的研究工作，先后主持国家自然科学基金项目“珍稀濒危植物巴东木莲生殖衰退及濒危机制研究”、“红花玉兰及多瓣红花玉兰花器官特征决定B类基因的表达模式和功能分析”和国家“十二五”科技支撑计划子课题“楸树体细胞胚胎发生及规模化繁育”等多个研究课题，在“*Gene*”“*Plant Molecular Biology Report*”《植物学报》《植物生理学报》等国内外学术刊物上发表论文40余篇。

正如她的名字一样，陈发菊的事业注定与花结缘。20多年来，作为三峡大学的一名植物学教师，陈发菊走遍鄂西的山山水水，探寻三峡区域那些神秘的奇花异草，守护一个个濒临灭绝的珍稀物种。

三峡地区由于没有受到第四纪大陆冰川的破坏，除在植物区系和植被类型上显示出其丰富性和多样性外，还保存着许多中国特有的珍稀物种，是中国三个特有植物分布中心区之一。

素有“绿色宝库”“物种基因库”之称的三峡地区，生长着大量珍稀特有植物。三峡工程蓄水后，受淹没影响的库区陆生植物有500余种，需要保护的珍稀濒危植物达290余种，其中50多种珍稀植物为三峡地区所特有。

这些大自然的馈赠，都是陈发菊眼里的“宝贝”。

爱花如命的护花人

来自五峰的陈发菊是地道的山妹子，山里出生、山里成长，从小就对家乡的花花草草充满着一种质朴的情感。

巴东木莲因首次在巴东县施阳桥被发现而得名，是国家二级重点保护植物，生长在山坡及沟谷。

当年，陈发菊在向导的带领下，带着水和干粮，沿着野猪跑出的逼仄小道，在大山和深谷间寻找巴东木莲的踪迹。终于，他们在河谷边发现了一株巴东木莲，陈发菊如获至宝。通过人工授粉，他们获得了巴东木莲的种子。

自此，陈发菊和巴东木莲结下了不解之缘，也吃了数不尽的苦头。为了采样，陈发菊在三峡腹地的大山里来回穿梭，在野外常常遇到意想不到的危险。一次，她进山乘坐的机帆船发生了倾覆，差点就把生命留在那里。还有一次，她连夜乘车把采集的样品送往北京，结果半路发生车祸，在医院里躺了半年。

即使经历了这些惊心动魄的瞬间，也不能阻挡陈发菊勇往直前的脚步，了解她这些经历的朋友都笑称她是“用生命在做科研”。陈发菊的无畏前行和苦心经营都没有白费。从无到有，从小到大，陈发菊的团队建立起面积近1000平方米的温室、温棚和20亩实验田。科研环境变好了，陈发菊团队全情投入的态度却始终如一。

当记者问到有没有觉得做科研很辛苦时，她笑着说：“做喜欢的事就不会觉得辛苦。”这笑容背后是对科研孜孜不倦的求索精神，对花草植物永葆好奇的热情追求。

科研成果惠一方百姓

春末夏初梅雨来临之时，正是巴东木莲的繁殖季节。为了弄清巴东木莲的繁育机制，陈发菊带着学生在山里守候了半个月，终于发现了巴东木莲开花结子的秘密。

“花期太短，别说‘结婚生子’，就是‘谈恋爱’都来不及。”陈发菊介绍道。一次，大家静候一株巴东木莲开花，中间仅抽了半个小时吃晚饭，不料待他们回来时，花居然已经合上了。从那以后，大家观察巴东木莲开花时再也不敢有一丝松懈。

巴东木莲花只在晚上 8 点左右绽放，半小时后就开始闭合，这种特殊的开花习性使它缺少授粉的机会。与此同时，雌、雄花蕊的成熟时间和空间不同，导致彼此隔离，如同分居在东西两个半球的夫妻。因此，巴东木莲在自然条件下的结实率和种子发芽率不到 1%。

“自由恋爱”行不通，那就只能“包办婚姻”了。陈发菊通过特殊处理，把花的雌、雄花蕊“强扭”在一起，有效提高了繁殖率，种子的结籽率超过 99%，萌发率达 98% 以上。他们建立起巴东木莲的有性繁殖技术体系，为其种群恢复奠定了基础。

当年，这项成果获得湖北省科技进步二等奖，核心技术获国家发明专利 1 项，珍稀濒危植物巴东木莲濒危机制、种群恢复及繁育体系的研究成果达到了国际领先水平，挽救了巴东木莲的濒危处境。美丽的白花红蕊的巴东木莲，也因繁育的成功被巴东县候选为县花。巴东县政府正在筹划建设一条木莲大道，意在让人们更好地领略这险些遗失的美好。

百花齐放结出硕果累累

在养花护花的路上，陈发菊的事业越做越大。多年来，围绕珍稀植物濒危机制、繁育技术，陈发菊先后主持国家自然科学基金、国家“十二五”科技支撑计划项目、国家林业局科学技术推广计划、中国博士后科学基金、湖北省自然科学基金等重点项目10多项，从一位能吃苦的护花人成长为一名知名的生物学教授。

护花和育人是相通的。陈发菊所带的本科生常常在大二时就加入科研团队，跟着师哥师姐训练实验技能。为了满足实验条件，她不惜每年花费数万元把学生送到更好的实验室进行科研。当研究遇到瓶颈，她又千里迢迢赶到学生身边，帮助他们打消顾虑，解决难题。

2004年，陈发菊有了自己的科研团队——三峡大学生物技术研究中心。她像培育花朵一样呵护着团队的成长，一批青年才俊在她的感召下汇聚、成长起来。团队目前有楚天学者特聘教授2人，湖北省有突出贡献中青年专家1人，享受湖北省政府专项津贴专家1人，三峡学者1人，学校“151”学术带头人4人，学术骨干7人，湖北省第八届青年科技奖获得者1人，宜昌市十大杰出青年1人，湖北省青年杰出人才基金获得者1人……百花齐放的团队，结出的是累累的硕果。在陈发菊的带领下，中心近5年承担科研项目30项，其中国家自然科学基金项目11项，国家“十二五”科技支撑计划课题2项，国家863项目课题1项，林业行业公益类重大专项1项，其他省部级项目8项，总科研经费达1200多万元。

“人生如花，只有把根扎深扎实，人生才能开出最绚丽的花朵。”陈发菊如是说。

（本文发表于2015年10月15日《三峡大学报》2版）

郑江英：研究生们的“好妈妈”

王星

在生物与制药学院，有一位被研究生们称为“郑妈妈”的女老师，她就是郑江英。郑老师常说，学生就是她的孩子。8 年来，她对研究生教育管理这个岗位一往情深，无论是身在千里之外，还是躺在病床上，她心中挂念的始终是“那群可爱的孩子”。

“郑妈妈”的由来

研究生小李来自鄂东的贫困山区，小学六年级时母亲就去世了，大学时父亲又得了胃癌。为了给父亲治病，他曾经同时打 5 份工，除了自己的生活费，每月还要给父亲寄 800 元药费。

小李考上研究生时，时任学院党委副书记的方红萍亲自把他交到郑江英手上，嘱咐郑老师多予关照。从此，郑江英把小李当作自己的孩子一样看待。过生日时，郑江英把小李请到家里，为他买来生日蛋糕。估摸着小李又缺生活费了，郑江英硬把钱塞到小李手上。渐渐地，郑江英成为小李心中不可替代的温暖。

一天早上还没上班，郑江英就接到小李打来的电话。小李哽咽着说，爸爸昨天去世了，他成了孤儿。当郑江英赶到办公室，小李一下扑进她的怀里号啕大哭起来。郑江英拍着小李的肩膀说："你不是孤儿。从今天开始，我就是你的妈妈。"从此，郑江英就多了一个儿子，"郑妈妈"的称呼也在研究生中不胫而走。

现在，小李已经工作 3 年了。今年，他创办了自己的公司，事业做得风生水起。他说，是"郑妈妈"帮他挺过了人生中最难的一道坎儿，让他学会直面人生，一往无前。

研究生眼中的"大姐大"

郑江英做学生工作有"绝招"。每年开学，她都会安排研究生们轮流到自己的办公室值班。说是值班，其实就是聊天。谁逃课了，谁生病了，谁谈恋爱了，郑江英了然于心。因此，她做学生的思想工作，常常能抓住学生的"软肋"，对症下药，药到病除。

在生物与制药学院，研究生们最"服"的老师就属郑江英。学生们年轻气盛，有时连导师的话也不灵，可郑老师的话大家不敢不听。一次，一位研究生和自己的导师因为实验方案设计的事闹起了别扭。小伙子是北方人，有着直来直去的粗犷性格，扬言大不了推迟毕业，一连几个星期赌气不跟导师见面，连电话也不接，气得导师干着急没办法。

郑江英找到这个学生，苦口婆心地给他做思想工作，讲为人处世的道理。最终，小伙子被她感化了，愿意向导师道歉，修改自己的方案。郑江英又当起"和事佬"，自掏腰包请导师和这位学生一起吃饭，化解了两人心中的疙瘩。2011 年，这个学生如期毕业，到了北京工作。

郑江英并不总是一团和气，她常常"强硬"地要求学生上进。小彭曾是科技学院的专科毕业生，对自己和事业缺少信心。郑江英鼓励他复习考研，又为他找来资料，请来老师辅导。今年，他已博士毕业，留在武汉一所高校任教。

偶尔，也会有脾气火爆的研究生和郑江英发生“冲突”。“他们就像我家里的孩子，我能看着他们做错事不说吗？将来他们会理解的。”郑江英如是说。

每年教师节，郑江英收到的鲜花总是最多的。许多已经毕业的研究生也会在这时委托师弟师妹送来鲜花和祝福。这就是她最大的幸福和满足。

（本文发表于2014年4月10日《三峡大学报》1版）

生命在平凡中绚烂

——记我校第十一届“十大杰出青年”许寒钧

李珮珮

许寒钧，男，1982 年出生，2004 年毕业于湖北警官学院治安管理专业。2007 年开始，在三峡大学保卫处工作，现为保卫处治安科的一名校园安全工作者，从事刑警侦查、治安管理工作。2011 年 5 月获评校优秀团员；2013 年 3 月获评校综合治理先进个人；2013 年 9 月获评机关工会优秀教育工作者；2014 年被评选为学校第十一届“十大杰出青年”。

科班出身　恪尽职守

科班出身的许寒钧拥有过硬的身体素质、良好的专业素养以及对工作的高度责任感。七年的校园治安工作让他愈显干练与成熟。

对待工作，许寒钧认真负责，积极主动。在过去的几年里，他破获多起校园盗窃案，更多次参与调解、处理校园纠纷。2013 年秋季学期，保卫处相继接到多名学生报案，称其寝室内笔记本电脑等财物被盗。此案件引起许寒钧和同事们的高度重视，他与同事在第一时间联系当事人了解案情，并认真勘查现场，不放过任何一个细节。经过缜密的调查，他们推断嫌疑人应该是通过攀爬外墙进入室内进行盗窃的。随后，他们调出学生公寓监控录像，从大量监控录像中寻找嫌疑人的踪迹。这是个高强度的工作，需要高度集中注意力。10多个小时后，许寒钧从监控录像找到了犯罪嫌疑人的身影，那时他已经两眼通红。随后，在公安机关的协助下，他们调阅了大量城市道路监控，最终确定了嫌疑人的居住地。又经过10多个小时的蹲守，许寒钧和同事成功地抓获一名嫌疑人。在连夜审讯后得知另一名嫌疑人已逃往兴山，许寒钧和同事们不顾连夜的疲惫，立即将获取的信息告知公安机关，从而为公安机关成功抓获犯罪嫌疑人提供了重要线索。据嫌疑人交代，其二人在我校以攀爬入室手段共实施盗窃10余次，盗窃笔记本电脑、手机等财物若干。此案件的破获为学生挽回经济损失9万余元。

对于许寒钧来说，警情就是命令，他始终以最饱满的热情和最严谨的态度奋斗在校园安全工作保卫的第一线。一身戎装的他，折射出年轻人最勇敢无畏的气概。

平易近人　用心做事

我校保卫处治安科的工作重心就是校园的安全防范工作。在治安科工作的这7年，许寒钧不仅为校园治安工作做出了巨大贡献，积累了丰富的工作经验，还结下了好人缘。保卫处的同事对他赞许有加，称赞他是“工作中的好榜样”、“保卫处的骨干力量”。“许寒钧生活中很随和，工作认真积极，能吃苦耐劳，多次协助民警侦查校园盗窃与纠纷案件，每次出警他都是最积极的。”校保卫处治安科科长赵爱民这样说道。

无论是校园内发生了盗窃、纠纷案件，还是学生们生活中遇到了困难，总会看到许寒钧的身影。工作之余，开朗的许寒钧和同学们也相处得十分融洽，大家都亲切地叫他“许大哥”。喜欢打篮球的他，是学校篮球队的兼职教练。平时他也会在学校里开展一些法律知识的小讲座，给同学们普及防盗知识，教给他们一些基本的防身要领。

许寒钧在日常工作中十分关心在校的少数民族学生和留学生。他还牺牲自己的休息时间上网查资料，到图书馆借阅相关书籍了解各少数民族的宗教信仰和生活习惯。为了更好地和同学们沟通交流，许寒钧更是多次求教于负责学生工作的老师。为了维护校园和谐，他总是积极地去调解学生之间的矛盾。有一次，我校少数民族学生和留学生之间因为宗教信仰和生活习俗等差异发生了冲突。许寒钧了解情况后亲自和双方学生交流沟通，赢得信任。为避免矛盾进一步激化，他还带他们一起到学校的餐厅用餐，面对面地化解矛盾。在许寒钧的努力下，双方学生最终言和。作为校园安全工作者，许寒钧扎根校园，用心用情，赢得了学校师生的信赖。

脚踏实地　无私无畏

校保卫处处长胡绪仁说：“许寒钧常常是舍小家为大家，加班加点到很晚，连饭都没有时间吃。”许寒钧对工作的热爱，使他没有过多的时间陪伴家人。他常常把本该和家人一起吃饭的时间，花在了工作上。多年如一日，他始终坚守自己的信念。

当问及他一直如此认真工作的理由时，他回答道：“是责任心和使命感。我觉得能够帮学生们排忧解难，化解学生之间的矛盾，维护校园安全，是一件特别开心的事。”高强度的工作和高频率的出警，让许寒钧患上了腰椎病、关节炎等疾病，但他却从不说一个苦字。往往一个电话，又让正与家人一同进餐的他奔波于校园各大苑区，无论是严冬还是酷暑。

许寒钧的工作是平凡的，他每天和许多人一样，在平凡的岗位上做着普通的事情，无私无畏，默默奉献，为维护校园安全与学生利益贡献自己的力量。可其令人敬佩之处正寓于这平凡之中。平凡之中的伟大追求，平静之中的满腔热血，平常之中的强烈责任心，在许寒钧身上体现得淋漓尽致。他还会继续用自己的实际行动，在平凡而伟大的工作岗位上坚守下去！

（本文发表于 2014 年 11 月 10 日《三峡大学报》3 版）

军嫂邹宜宁的别样幸福

余东山　程维　彭羽

她不仅是一名大学教师，还是一位飞行员军嫂。一肩挑起两重担，未曾埋怨，却在11年的理解、付出与守望中，体味着“军嫂”教师的别样幸福。2014年9月，她被中国人民解放军空军某师评为“优秀空勤家属”，并受邀赴部队多个驻地作巡回报告。回校后她一如往常，依然默默教书育人。她，就是艺术学院音乐舞蹈系副教授邹宜宁。

幸福来自于理解

在许多人眼里，选择嫁给飞行员就选择了孤独无依，而成为空勤家属11年的邹宜宁却说，守望也是一种幸福，自己是一个幸福的军嫂。

刚结婚时，邹宜宁的丈夫还只是一名中队长，周末还能抽些时间回宜昌陪陪家人。然而，新婚的幸福感很快被聚少离多取代。一年多以后，丈夫当上了大队长，变得格外忙碌。即使邹宜宁双休日去部队，丈夫也很少能接送她和孩子，到了家属院也只是待上一小会儿，匆匆说几句话就走。那些日子，邹宜宁总在想：“在部队工作的人都不要家了吗?”

直到2008年的那次雪灾才让邹宜宁彻底明白“空勤家属”这个称谓的含义。那一年，邹宜宁带着一岁多的儿子到部队，打算一家人快快乐乐过个春节。谁知南方各地遭遇罕见的雨雪冰冻灾害，而丈夫所在的大队接到任务——大年三十紧急空运救灾物资到灾区，5个机组70多名同志在空中度过了大年夜。除夕那晚，丈夫一直在大队待命，随时准备出动执行救灾任务。已经来到丈夫身边的邹宜宁，却独自抱着孩子在家看电视，心里隐隐有些许失落。然而当新闻上闪过部队飞机的画面，随后又闪现出团长、政委和丈夫的身影时，那一刻她才明白：独守空房的不只她一个，谁不眷念儿女亲情，谁不想有家人陪伴，但为了“大家”舍“小家”，那是军人的担当，是战友们的事业所系，使命所在。

正是在那个无眠的除夕夜，邹宜宁打从心底理解了丈夫的特殊身份和责任，她当即和他约定：“以后你只管忙你的事，既然你不能回家，那我就周末带孩子过来陪你。”

守望，短暂相聚，再守望。邹宜宁家中存放着300多张往返学校到部队驻地的车票、200多张开车过往高速公路的收费凭据，她舍不得丢弃。她说：“那既是我们11年幸福之旅的痕迹，也是我对丈夫飞行事业理解和支持的见证!”

幸福来源于付出

七点钟起床，送儿子去学校后，来学校上课，一天的工作结束后，就去接儿子放学。回家后，一边带着女儿一边陪着儿子写作业。临睡前，安顿好女儿，再为儿子做两个小时的眼部按摩，然后备课。这就是邹宜宁一天的常规安排，井井有条又满满当当。

邹宜宁和丈夫都是独生子女，两个家庭的重担都落在她一个人的肩膀上，尤其是一双儿女更是让她费尽心血。白天上课，晚上回家还要边带女儿边辅导儿子写作业，每天都是深夜才能有喘口气的时间，若是孩子生病则更是让她疲惫不堪。“寒冬的夜晚，我独自带生病的儿子去医院，抱不动我就背着……”回忆起那次孩子生病的经历，到现在想起来她的心里仍有些泛酸。

尽管如此，每次接到丈夫的电话时，邹宜宁却总是只挑那些开心的事讲给丈夫听。“我何尝不想丈夫能帮我分担一些。但作为飞行员的妻子，我不能提这样的要求。因为我知道，只有给丈夫一个稳固的后方，他才能安心飞行!”

“爱上飞行员，就必须爱上蓝天事业!”邹宜宁是这样想的，也是这样做的。为了支持部队的工作，她当起了部队与学校的“连心桥”，多次组织艺术学院的师生到部队慰问演出、帮教乐器知识、排练文艺节目，坚持为部队送文化，支持部队的文化建设工作。

幸福收获于讲台

邹宜宁老师的别样幸福不只源于“军嫂”，还收获于她热爱的大学讲台。她说：“作为一名新时代的知识女性，我始终认为，只有自己在事业上不断进取，夫妻比翼齐飞共同进步、让蓝天梦与园丁梦相映生辉，才是对他最大的支持。虽然为了他的蓝天梦我付出了很多，但在追逐园丁梦的路上我也未曾懈怠。”

正是为了这个“园丁梦”，她变得更加忙碌，“匆匆”是她留给同事和学生最深刻的印象。白天，匆匆接送小孩上学放学，匆匆赶向教室；夜晚，匆匆安顿好两个孩子后，她又会为第二天的课程做准备。但在同学们的记忆里，邹老师从没因为“匆匆”而晚到课堂或早下课堂，相反她常常是第一个到达教室的人。

“邹老师的教室就是办公室，非常舒适、干净。教室里放置着六台古筝，供学生使用。在课堂上，她对我们严格要求，一视同仁。有时候，我们没有把曲子弹好，邹老师便利用休息时间，一遍遍继续指导我们，直到我们弹好为止。”学生范迎回忆说。

邹宜宁的付出也赢得了学生们的爱戴。因为担心她太忙来不及吃早点，常有学生上课时主动为她带来早餐。“以前还会被学生邀着一起去逛街。现在忙了，好久没去过了!”邹宜宁无奈地笑着告诉记者。

邹宜宁追逐“园丁梦”的收获还不只这些。2006 年她以系里唯一一个论文、答辩双优生的身份获得武汉音乐学院作曲系硕士学位；2011 年，32 岁的她成为艺术学院当时最年轻的副教授；历年来她在艺术学院学生网上教学评议中的平均成绩都是第一；2014 年她又入围三峡大学“教学名师奖”。

“邹老师为人低调，工作认真。学生都很喜欢她，她是一名优秀的军嫂，也是一名优秀的教师!”艺术学院党委书记邹榜贵如是说。

（本文发表于 2015 年 1 月 14 日《三峡大学报》1 版）

绽放在雪域高原上的水电之花

——记三峡大学援藏干部李俊美

张丽超

9月8日，西藏自治区成立50周年庆祝大会在拉萨布达拉宫广场隆重举行。广场上彩旗飘扬，鼓乐喧天，身着节日盛装的各族群众从四面八方汇聚到这里共同庆祝这一伟大的节日。在主席台下右侧方阵区域坐着一位“康巴汉子”：微胖的身材，雪域高原赐予的微黑面庞，天生睿智的眼神和憨厚的笑容，手中挥动着鲜红的国旗，激动地望向主席台。他就是两上高原的三峡大学首名援藏干部李俊美老师。

舍“小”家为“大”家足迹踏遍西藏山山水水

西藏，对绝大多数人而言，天高云淡，寂静空旷，令人魂牵梦萦，同时充满神秘和挑战。2012年10月，李俊美怀揣梦想，踏上了援藏之路。这梦想甜蜜而苦涩，他要在雪域高原实现自己的水电梦想，同时他要舍下家中还在读小学二年级的女儿，辞别依依难舍的娇妻，暂时放下手中的教鞭，告别“如果你来，我会爱上你”的宜居城市宜昌。所有这一切，对于已近不惑之年的李俊美确实是艰难的抉择。但当学校征求他是否愿意去援藏时，他仍毅然决然地说：“学校的信任，西藏的需要，就是我的价值所在。西藏虽然艰苦，但援藏就是要在品味艰苦中实现自己的人生价值。那里发展水电的需求更为迫切，我是一个水电人，责无旁贷！”

初到西藏，强烈的高原反应让李俊美的身体产生了许多不适，恶心、头痛、呼吸困难、失眠等反应相继出现。但他明白，自己的目标既然是地平线，留给世界的就只能是背影；自己选择了雪域高原，就只能风雨兼程，伴随凄风苦雨实现梦想！长期的高海拔和缺氧使他产生了严重的不适。出差，感冒药、消炎药、止疼药必须随身携带；入眠，靠对家乡亲人的思念和维 C 银翘片已是习惯。李俊美说：“组织派我来西藏，不是为了让我来享受生活，而是工作需要，我是一名共产党员，我要兑现我入党时的誓言，我不能因为身体的不适放松对自己的要求！”

李俊美兑现了自己的诺言，从 2012 年到 2015 年三年的时间里，他的足迹踏遍了西藏全区近 130 万平方公里的土地，直接参与或牵头组织的水利项目达 80 余个，帮助自治区水利系统培训教育、农电、财务、项目管理、项目监理等专业人才 300 人次。2013 年 10 月，李俊美第一次奔赴平均海拔达 4700 米的那曲西部四县进行能源调研。那曲地方昼夜温差大，一到傍晚，气温骤然下降，不仅天气冷，而且空气稀薄，走路时间一长就气喘得不行，晚上也经常因为缺氧彻夜难眠。尽管工程现场、水能资源开发点往往在偏远地区，但为了更好地进行实地勘测，李俊美毅然选择以步行、踏勘的方式完成为期半个月的调研工作。完成在那曲的行程之后，连日劳累的他又前往条件艰苦的日喀则地区吉隆县和阿里地区普兰县，进行了为期一个半月的农电管理体制深化改革工作。2014 年 7 月，李俊美再次深入那曲地区东部 7 县进行十三五规划调研。虽然较第一次来时相比，对环境和天气的适应能力有了明显提高，但在抵达嘉黎县忠玉乡时，由于没有招待所，他们连日都只能睡在铺着木板的地上。尽管如此，他和团队成员依然认真踏勘，仔细了解农村实际水电能源需求，为那曲地区在水利重点领域和关键环节取得创新突破付出了大量的时间和精力。他用自己的实际行动践行了一个共产党员对党的承诺。

同吃同住同劳动　交心谈心解民忧

俗话说“此心安处是吾乡”，作为一名援藏干部最重要的是把心沉下来，把西藏当作自己的家乡，把这里的百姓放在心中，李俊美这样告诉自己。

从进藏的第一天，李俊美就把自己当作拉萨和水利厅农电局的一员，4年时间，已经学会了说简单藏语，习惯了吃糌粑、喝酥油茶。李俊美说：“只有把这里当成自己的家，把这里的人民当成自己的亲人，对这里的一切投入真挚的感情，我的工作才能有依有靠、有所作为。”

2013年8月，根据组织安排，李俊美参加了西藏自治区水利厅开展的“群众路线教育实践活动”，进驻西藏自治区日喀则地区定日县参木达村开展“同吃同住同劳动”活动。刚进参木达村，李俊美就被分派到一户叫扎西罗布的人家中。一进家门，贫困的景象让李俊美吃了一惊：破旧的桌椅，漏风的屋顶，风沙顺着漏洞的墙壁吹进屋来，除了政府扶贫送的电视机之外几乎没有任何的电器设备，一个穿着破旧衣服的孩子正趴在桌上写着作业。通过交谈，李俊美得知扎西罗布家有两个孩子，没有大牲畜，月收入不到300元，唯一的经济来源就是靠一个手扶拖拉机弄些运输，微薄的收入仅够维持一家人的生活开支。面对这样一个收入低、负担重的家庭，李俊美当即资助扎西罗布家1200元现金，并把自己从拉萨带来的新鲜水果蔬菜赠予了扎西罗布，自己却吃起了藏民家的糌粑。

为了能够让扎西罗布家今后生活得好些，李俊美还为扎西罗布积极联系技术培训的机会，让他多掌握点务工技能，多一点经济来源。在离开参木达村的时候，扎西罗布依依不舍地拉着李俊美的手，不停地说："感谢党，感谢政府，谢谢你们！"

为了更深入地了解农牧民的生存状态，改善和提高农牧民们的生活，在日喀则开展群众路线教育实践活动的日子里，李俊美花费大量时间走访农牧民家，尽可能多地了解农牧民的生活状况，亲自参与为孤、贫户新修土炕，修补漏雨的屋顶，尽自己最大的力量集资为农牧民们改善生产、生活条件，帮助安置牧区青年就业，为牧区待业青年提供就业指导。

发挥学校水电特色　支援西藏水利电力发展

援藏3年，李俊美每年在家的时间总共不到2个月，陪伴家人成了一种奢侈。2014年10月，第一轮援藏时间就要结束了，眼见着就能和妻儿团圆了，但李俊美心里十分清楚，自己挂职的西藏自治区农村水电管理局编制紧、任务重，这时候如果离开，手里的活就没人接了，洽谈的农电项目就要受阻。与学校领导、西藏自治区水利厅领导沟通之后，李俊美主动延长援藏期一轮，在西藏自治区农村水电管理局再挂职两年。

在李俊美的协助下，2013年8月，三峡大学西藏自治区校友分会成立，李俊美担任副会长；2014年，三峡大学继续教育学院在藏顺利招生60余人，2015年预期突破百人招生目标；同时，西藏自治区水电规划院在学校招收6名学生进藏工作。李俊美还积极推进学校和西藏地方各行业的校企合作，协助学校与西藏自治区、三峡集团联合签订定向培养协议，首批培养28名西藏大学生，第二批西藏班30名学生也将顺利入校。牵线学校通过各类科研项目为西藏水利电力等行业提供服务，为自治区4个地区25个电站设计水电增效扩容改造实施方案，还为自治区争取中央投资2300余万元，为西藏水利电力事业发展做出了自己的贡献。

他是雪域高原的雄鹰，他的事业也会像格桑花一样在美丽的高原绽放。

（本文发表于2015年10月1日《三峡大学报》1版）

第五篇 05

科研服务助发展

协同创新共建法治宜昌

——记宜昌市社会管理法治化三峡大学协同创新中心

余允曹　杨丽　袁兰英

宜昌市社会管理法治化三峡大学协同创新中心由三峡大学法学与公共管理学院牵头，在宜昌市政法委、宜昌市人民政府法制办公室、宜昌市城市建设管理和当阳市水利长江工程监理咨询有限公司等众多部门单位的协同下，将从法制的角度审视宜昌社会管理创新模式，推动宜昌社会管理创新进一步走向规范化、制度化，为宜昌城市建设中政策的合法化、执法的规范化、社会矛盾削弱化提供法律支持，从而为建设“法治宜昌”做出应有的贡献。

从5月正式挂牌至今，宜昌市社会管理法治化三峡大学协同创新中心就宜昌社会管理创新、建设现代化城市中的法律问题、网格化管理问题、民族地方非物质文化遗产法律保护等问题进行了深入研究。在研究这些课题的过程中，中心人员多次分组深入调查，撰写调研报告，形成关于四个议题的四本专著，累计多达10余万字。同时，对于反应的社会问题，中心从自身专业角度去提供智力支持，为宜昌地区党政机关作法治报告近20场，受到一致好评。中心还一直秉持着与其他组织单位相互合作，共同发展，互利互惠，共建“大宜昌”的观念努力前行。在校外，通过与宜昌市政府、宜昌市水利局和各个公司进行切实合作，互通有无，中心为他们提供了专业的法律知识，他们则为中心提供相关资讯资料，同时中心负责人赴各地进行实地调研。在校内，中心先后与我校各学院交流合作，利用各学院在其专攻领域的专业知识分析解决社会上的热、难点问题。与经济与管理学院就我市社会管理创新及网格化问题进行讨论交流，以不同的专业角度审视问题；还与水利与环境学院就农田水利建设方面课题进行深入交流；同时，中心还聘请了马克思主义学院的陈金明教授为其撰写相关调研报告。

中心人员本着“服务地方法治建设”的宗旨，贯彻落实“服务全程化”。他们敢于下基层、敢于吃苦耐劳，多次奔赴各个地区进行调研活动，积极加强与市各级事务部门的交流与学习，从而获取第一手数据资料，推动中心工作的顺利进行。宜昌是楚文化的摇篮、巴文化的发祥地，而如何在现代化城市发展过程中保护这些非遗文化，让广大民众深刻地认识到历史文化传承的重要性就显得十分急迫。为此，中心人员采取实地走访、现场调研的方式来展开工作。中心人员分别赴长阳、五峰进行调研，并走访了多家行政单位及文化产业企业，对少数民族非物质文化遗产保护的现状及问题做了大量了解，并与诸如三峡大坝等景区负责人就非遗保护问题进行了探讨。在“宜昌地区农村水利产权改革及其法制化路径”的问题上，中心人员也做了大量研究工作。中心主任胡孝红教授带领研究人员一行四人赴当阳市水利局进行调研，深入黄林支渠农民用水者协会，现场了解农民用水者协会运行管理等相关情况，并与东风三干渠农民用水者协会、黄林支渠农民用水者协会主席及部分执委、基层干部、农民代表等进行了座谈，为中心的专研项目——“宜昌地区农村水利协会自治的法治化研究”搜集素材，同时通过合作来推动该研究项目的进行。

协同创新是一个新鲜事物，中心在成长的道路上，也遇到了经验不足、人手不够、时间经费不足、思维较为单一等一系列困难。但是通过与各个单位部门（学院）的合作，转变了中心人员的固有法律思维，使他们能从其他学科角度来看待问题，更加全面地、客观地把握问题的实质。在经费方面，我校更是对中心给予了大力的支持，每年拨款经费三十万，还为中心准备专门的办公室，将中心成员的教学任务减半，促使各个中心加强沟通互助等。如此激励成员工作的做法无疑将推动中心的进一步发展。

（本文发表于2014年1月10日《三峡大学报》2版）

筑造创新创业新阵营

——记三峡大学大学生创新创业指导中心

黄天鸿

编者按：三峡大学大学生创新创业指导中心，简称创新创业指导中心，2008年6月经三峡大学团委批准成立，在校团委的指导下独立开展工作。它是以服务学校“挑战杯”及创新创业工作、培养大学生综合素质为宗旨的指导性学生组织。近年来，该中心在强化学生创新创业素质、营造创新创业氛围方面，勇于创新、开拓进取，举办竞赛活动，开展社会实践，倡导科技创新、创业实践，同时引导学习交流，给学生搭建了一个张扬个性、发挥特长、创新创业的平台。

以创新为旗　引领科技竞赛新征程

21世纪是一个人才辈出的世纪，也是一个科技发展、技能创新的世纪。在国内，每年都会举办多项大学生科技、创业大赛，以提升大学生的创业热情与科技创新能力，培养更加优秀的创新性人才。三峡大学围绕培养拔尖创新人才的目标，以“服务学校党政中心工作，提升人才培养质量”为中心，重点提高教育质量，把创业教育纳入人才培养方案，成立创业教育组织机构并组建了相应的学生组织——大学生创新创业指导中心。

科技创新作为创新创业指导中心的核心工作之一，主要包含两方面内容。其一，在校内举办“求索”大学生创新活动计划。该计划面向全校征集课题，首先在各学院内部评比，然后由学校组织专家评选出100多项项目进行资助。其中，重点项目占30%，普通项目占70%。中心的指导老师崔伟说：“通过‘求索’大学生创新活动计划，让本校学生学习创新创业活动的方式方法，了解各项科学技术，带动全校关注创新创业活动的氛围，从而保证我校在‘挑战杯’全国大学生科技竞赛与创业计划竞赛中有更多同学脱颖而出。”其二，带动全校师生对科技创新活动的热情，普及各类科技创新知识。指导中心每年都会定期举办“科技节”优秀作品展，让本校学生研发的诸多趣味作品得到展示。在去年的“科技节”优秀作品展中，来自计算机与信息学院的学生自行研制的智能绞车，以其趣味十足的功能和极具观赏性的外形，获得了学生与老师的一致好评。除了各类校园比赛与展览外，指导中心还会定期组织具体的实践操作活动，例如让学生在“让鸡蛋飞”的游戏中培养创新思维，在“飞鹰”航模大赛中提高动手能力。学生自行设计、制作各类作品，在多次实践中优化作品结构，积累实践经验。作品展示时，学生将各自作品进行比较，既能发现作品的优点与不足，又能在潜移默化中培养他们的批判性思维。

开设丰富多彩的创意性活动，不仅让原本不熟悉科技创新与创业教育的学生开始了解创新活动、发现科技的魅力，也使得更多同学慕名而来，纷纷加入创新创业指导中心。

以创业为基 铺建特色教育新道路

“早起的鸟儿有虫吃”，任何事只有快人一步，才会拥有更多机会。如今，不少综合性大学早已在校内举办创业教育培训或组建创业教育的专项组织，校园创业作为社会创业的组成部分，一直呈现出良好的发展态势，各类大学不乏创业成功的在校学生。为了顺应社会发展创业活动的新趋势，创新创业指导中心着重于创业教育，努力改变“起步晚”的局面，在近几年的改进中，形成了极具特色的培养方式。

“创业之星，选苗育苗”训练营便是创业教育的具体措施之一。指导中心为加强大学生创新创业精神的培养，提升大学生创业就业能力，更好地服务地方经济社会发展，在校团委支持下成立了该训练营。训练营的培训方式分为理论讲座、户外实践与企业参观三部分。参与训练营的学生在理论讲座中聆听各类成功企业领导者的创业心路、积累创业经验，在企业参观与网络模拟经营的活动里，全面了解公司运行模式，补充创业知识。在提升学生的实践能力方面，训练营组织了定向越野、城市生存与素质拓展等活动。参与训练营的杨莉同学称在素质拓展与城市生存的活动中，成员们不仅拉近了彼此的距离，也掌握了许多社会求生的方法。崔伟说：“训练营安排的训练项目十分密集，训练时间也只有短短的三个多月，但参训学员都刻苦勤奋，能力上得到很大提升。”

为了让即将步入社会且具有创业意图的大四学生创业前景更加开阔，指导中心向国家人力资源和社会保障部引进国际劳工组织创立的 SIYB 项目，即创业培训项目，对学生实行为期 10 天的训练。SIYB 项目的主要目的是教授大四学生创业中的实用技巧，向他们提供各类创业资料，让其了解社会融资与企业注册等基础知识，缩小创业盲区。当课程正式结业时，指导中心还会为参与培训的学生派发证书，凭此证书能获得多项创业优惠。

在社会合作上，创新创业指导中心不仅实现了与校外企业的联合，而且在市、校团委合作成立的青年创业文化产业园中拥有多个正在研发的项目。此外，诸多企业在对指导中心进行深入了解后，还向优秀学员伸出了橄榄枝，希望实现协同创新。

以缺陷自勉　眺望远方新天地

在2013年的“挑战杯”全国大学生课外学术科技竞赛中，来自土木与建筑学院的陈升彪同学以城市内涝的研究现状为基础，提出一套在城市绿地区域设置多孔吸附层来消减城市内涝的新方法，斩获全国二等奖，创造了佳绩。经济与管理学院的刘晓团队、计算机与信息学院的章冲设计的作品“鄂西生态文化旅游圈水利旅游可持续发展策略研究”和“城市绿化区过渡带的内涝消减机制与消减潜能预估模型研究”也在多类作品中脱颖而出，获得了全国三等奖的好成绩。面对指导中心去年取得的突破性成绩，指导老师崔伟在高兴之余也指出了指导中心目前存在的不足：“虽然今年取得的比赛成绩是历来最好的，但比较遗憾的是一直没有出现获得全国一等奖的项目。同时，指导中心在培育方式与管理模式上仍有很多需要改善的地方，举办的诸多活动在带动性上仍有不足，但也正是这些缺陷促使指导中心不断改进革新，越办越好。”

机遇与挑战并存，近年来随着大学生竞赛赛制的改革，“创青春”全国大学生创业大赛于今年3月正式启动，而湖北省获得了本次比赛的主办权。届时，三峡大学将作为部分比赛项目场地，迎接全国各地的名校学子入校交流、同台竞技。指导中心负责学生工作的理事长邹鑫说：“我校承办‘创青春’全国大学生创业大赛，不仅可以调动校内学习创新创业的热情与兴趣，营造良好的科研氛围，还能在一定程度上提升指导中心的影响力，让更多有创新才能与创业意向的学生了解指导中心。这对我们来说是一个难得的机会与挑战。”

为了能够组织并管理好今年开赛的“创青春”全国大学生创业大赛，指导中心在宜昌市委与学校的支持下，上下一心、统筹规划，力求将本次大赛组织好、开展好，既要展现三峡大学独特的“求索”精神，又要把握好与其他院校的交流机会，发现不足、革故鼎新，使指导中心乃至整个三峡大学的创新创业活动取得突破性进展。

目前，随着各项工作分工的明确，组织方式的完备，指导中心信心满满。面对日渐逼近的“创青春”全国大学生创业大赛，理事长邹鑫直呼：“万事俱备，只欠东风。”

该中心以科技创新和创业教育为着力点，以参与科技竞赛和设计创业项目为目标，几年来，不断革新育人方式，完善管理机制，在培养校内创新性人才与创业精英方面，占据着不可替代的地位。同时大学生创新创业中心的存在也给热爱创新、渴望创业的学子创造了机会。

（本文发表于2014年4月10日《三峡大学报》2版）

以微小分子见大智研究

——记分子生物学研究所

陈珊　杜杨杨　李珮珮

从无到有　立足高起点

三峡大学分子生物学研究所成立于2005年底，直属三峡大学，挂靠医学院。研究所成立之前，我校在分子生物学这块领域的研究尚处于空白。成立之初，研究所一直处于边建设边研究的状态，直到2006年8月，研究所才正式开始高速“运转”。如今，分子生物学研究所依据自身的技术优势，结合我校的学科建设需要和服务地方经济社会发展的需要，建立了肿瘤分子靶点研究技术平台，重大疾病生物治疗技术研究平台，高通量抗炎、抗病毒药物筛选技术平台等多个研究技术平台。

所长王艳林为我们介绍了研究所主要的科研工作，即在分子生物学的基础上，研究人体疾病的发生发展机制，以及一些疾病治疗药物的研发和此类药物作用的分子靶点。主要的研究方向有四个，分别为：肿瘤分子靶点研究，即研究肿瘤发生发展的机制，并在此基础上对靶点进行药物与治疗手段的设计；人体疾病的免疫治疗，探索免疫异常的发生发展机制；药物的靶向输送及其载体，“使药物像导弹一样有针对性地对指定部位进行治疗，从而提高药物的疗效”；计算生物学领域研究，利用计算机进行实验的模拟和运算，大大加快科学研究和药物研发的进度，缩短研发时间，提高科研效率。

王艳林所长说：“研究所最大的特点就是起点高。”这里的科研人员大多都有国外留学经历，分别在美国、加拿大等国留学或工作过，有着过硬的科研能力和丰富的工作经验。经过多年的努力，研究所科研团队取得了许多科研成果。研究所通过引进国外先进的理念和技术，并不断努力，带动医学院在高水平成果和课题研究项目方面取得了重大突破。至今为止，研究所主持和参与了多项国家自然科学基金，在国家核心期刊发表的研究论文及 SCI 论文数量不断上升。因为有一流的科研团队，研究所才能很快走出建立之初的阵痛期，逐步发展为在校内外都有一定竞争力的科研平台。

勤勉向上　培养尖子生

以研究生为主力军，凭借实力雄厚、认真负责的导师团体，研究所秉承全方位培养方案，使得学生在某一领域能得到突破性提高。同时，研究所还多次邀请校内外专家学者作专题学术讲座，营造浓厚的学术氛围。王艳林告诉我们，在研究所工作、学习是没有暑假的，每临暑假，学生们都要在研究所做实验。“在这里学习很紧张，大家都想做出一点东西来，有一定的压力，但是实验条件好，环境不错，这样更能完善我们的技能。”研究生三年级学生王清如是说。

值得一提的是，研究所始终坚持每周开展一次学术报告会，由专职研究人员和研究生报告研究进展及国外相关研究领域的研究动态，借以培养学生科学思维，提高表达能力。类似的学术报告会在国外非常流行，但国内并不多见。王艳林表示，通过这样的锻炼，开阔了学生的视野，将来考博或求职面试时，他们能站在一个相对较高的角度上回答问题。王清说："每周五一次的学术交流会议使我学到了很多，并且每个研究生都有机会与大家交流自己的想法，对于我这个忙着毕业论文的研三学生来说帮助非常大。"

回顾自己的学习生活，研一学生李勃告诉我们，"研究所更注重实践，自主性更大，同时要求也更高，全靠自己主动学习。总结为一个字：累！我们每个在研究所的人都有自己的理想，加上老师们的认真态度，所以我们会觉得非常累，但我觉得这种能让自己得到锻炼的累是值得的。"

实力为依　服务于社会

除了理论研究和人才培养，服务社会同样是研究所的目标之一。受种种条件限制，研究所多年来一直侧重于理论研究，如何将科研成果运用于实际，使科研成果更好地服务社会，日益成为研究所面临的新的重大课题。这些年，研究所实行基础研究和开发应用研究并举的方针，着重进行原创性开发可用于医学诊断和治疗的基因工程产品，同时还积极支持、鼓励和寻求横向合作研究，为地方经济发展提供技术服务。例如为宜昌市中心人民医院等大型医院的学科建设和大型医药企业的产品质量检测与分析提供技术支撑。目前研究所已成功开展横向合作研究 10 余项，为本地区医疗卫生事业的共同发展和地方经济的繁荣做出贡献。

谈到研究所未来的发展规划和目标时，王艳林说："要培养后继人才，占据人才高地，需要有危机意识。研究所现在还很年轻，要提高档次，逐步发展到省级、国家级重点实验室。"回忆起当初回国的情形，他表示当初大家选择回国，一方面是想提升自己的科学事业，另一方面也想为脚下的这一方水土培养出更多优质的人才，包括青年教师和研究生，同时，也能提高三峡大学的科研水平和人才培养的质量。如今的研究所密切关注前沿，时刻关注最新科学进展，立足当下，放眼世界，力求与国际技术紧密结合，与具有前瞻性的科研领域相契合，相信未来分子生物学研究所能够取得更加出色的成绩。

（本文发表于2014年4月20日《三峡大学报》2版）

创新水电特色机械研究　助推行业发展

——记水电机械设备设计与维护省重点实验室

金潇　罗兰君

编者按：“水电机械设备设计与维护湖北省重点实验室”于2008年由湖北省科技厅和教育厅正式批准并依托三峡大学立项建设。该实验室一直致力于创造良好的研究环境，基础研究与应用研究相结合，实现开放与联合，实现学术研究的创新和方法技术的突破。

寻找空白　解决技术难题

“水电机械设备设计与维护湖北省重点实验室”一直坚持推进“服务水利电力行业，服务地方经济建设”的双服务工作，主要解决水电工程建设所需机械设备的开发与设计以及水电站机械设备安全运行与维护问题。

目前，我国未开发水电能源主要集中在西南地区，但是西部地区地形复杂，施工条件恶劣，开发难度也就越来越大，需要大量专用施工机械设备。可是现阶段我国所使用的施工机械设备多依赖于进口，引进的机械设备具有流水线大系统的特征，不能完全适应我国西部复杂的地形，难以有效地进行水电能源的开发。因此，实验室积极着手进行复杂机电装备集成设计问题的研究，力争填补这一盲区，为西南地区水电能源开发做出自己的贡献。

不仅如此，该实验室的研究也时刻关注着身边的小问题，并在小问题中发现大学问。由于经济发展、人口增加导致三峡大坝库区水面漂浮物逐年增多，环境保护问题越来越突出，若不及时解决，将对库区环境、航运及电站安全运行造成影响。因此，实验室开始展开库区水面及坝前清污技术的研究及其专用设备的开发。针对水能机的叶片受到泥沙冲刷产生较大磨损而不能正常运转这一问题，实验室采用了增材制造的方式，对水能机的叶片进行镀膜防护以及修复，使水能机能保持正常、高效的运转。

目前，国内已建成的大中型水电站近300座，随着其服役时间的增加，这些在役水电站设备的状态监测、表面防护、检修与维修技术及其专用设备开发等问题已成为影响水电站安全运行的重要因素，对这方面的研究已成为水电能源领域的研究重点。因此，实验室设定金属结构强度理论与失效学、水电机械设备设计及理论、水电站机械设备维护技术及理论三个研究方向，争取在金属结构失效机理、水电施工机械设计理论、水电站设备维护技术与理论研究等方面学术研究有创新、方法技术有突破。

依托水电　打造区域特色

我校是一所以水电特色为名片的大学，拥有与水电相关的高层次人才资源，并且宜昌周边分布有三峡、葛洲坝、隔河岩、高坝洲、水布垭等大型水利枢纽工程。凭借这些得天独厚的优势，实验室以水利枢纽工程建设和水电工程设备维护所需要的各种专用机械设备为研究对象，开展水电机械设备的结构分析、检测维护等科学研究。

在设备健康监测维护关键性技术及仪器方面，实验室针对水电机械设备的工况、载荷和环境复杂的特点，进行了设备状态检测技术故障演化机理与征兆联系、故障信号处理与特征提取方法、故障智能预示与安全评估技术的研究，能准确及时识别运行过程中萌生和演变的故障，在线、动态、主动地评估预测设备性能退化过程，形成了系统的设备健康监测维护关键性技术。而且，还建立了发电机组关键部件的失效机理与寿命预测方法以及基于无线传感器网络的机群状态检测关键技术。对大型起重机安全预警和可靠性评估问题，实现了基于多元超声传感器的塔机失稳和碰撞预警信息提取方法，建立了事故致因库、事故控制策略库和基于多源数据的安全预警模型，为起重机的安全运行提供了保障。

结合相关研究理论，实验室现已开发出了综合轴承故障模拟试验台、闸门同步形修磨机、双股铝导线微动磨损试验台、起重吊钩扭转变形检测装置、电杆地下基础深埋段内表面裂纹缺陷无损检测装置等相关的检测仪器。

“我们的实验室截至目前是湖北及川东鄂西地区第一家、也是最好的一家致力于水电机械设备设计与维修的重点实验室。”实验室副主任杜义贤如是介绍。能力越大，责任越大，在国内水电机械设备设计与维修这一方面，实验室承担了大量的科研任务，其中国家级课题就有 18 项之多。在水电特色机械设备这一领域，实验室具有得天独厚的优势。

合作交流　致力更好发展

实验室相关研究人员除了进行科学研究之外，还承担着培养人才的重任。将研究工作与研究生培养相结合，为研究生创造条件，使他们在高水平的科研工作中得到锻炼，这是实验室一贯坚持的工作方法。

为了提高研究人员的知识水平和科研能力，进行专业建设，实验室与众多国内外知名院校开展了大量的学术交流活动。去年，实验室邀请了湖北科技大学李友荣教授、华中科技大学李箭教授、悉尼科技大学罗震博士等优秀人才来我校做学术报告，并就学科发展、科研合作及人才培养等多方面内容进行了交流。“独木不成林”，搞科研离不开科研团队的建设，实验室吸纳了法国里尔中央理工大学教授 Bogdan Piwakowski、徐卫疆教授等海外高层次人才以兼职教授的方式加入实验室，吸纳了日本留学博士燕怒教授等中青年优秀人才加入研究团队。这些优秀的科研人员在实验室中发挥带头作用，产生集群效应，形成学术梯队，将从更高层次上指导实验室的研究发展。

在科研能力得到提升的基础上，实验室还注重产学研相结合，以企业需求为导向，本着优势互补、资源共享、互惠互利的原则与企业交流、合作，解决关键技术，增强企业市场竞争力。实验室加强与地方相关企业的合作，让科研成果能够迅速孵化为实实在在的经济效益，真正做到服务行业、服务地方。实验室和宜昌黑旋风工程机械合作了科研项目“城市污泥筛分处理系统定量给料装置”，与中国船舶重工集团公司第七一 O 研究所合作了科研项目“某型装置布局优化与控制策略及仿真分析研究”，这些科研项目大大促进了实验室与企业的合作交流。

作为水电机械设备开发与设计、水电站运行与维护的科学研究基地和人才培养基地，实验室今后将继续凝练现有科研方向，开拓创新，充实科研内涵，提升服务品质，建成具有水电机械行业特色的研发中心和高层次创新人才培养基地，助推水电行业发展。

（本文发表于 2014 年 5 月 20 日《三峡大学报》2 版）

实验出硕果 服务促发展

——记我校天然产物研究与利用湖北省重点实验室

李珮珮

编者按：天然产物研究与利用湖北省重点实验室（三峡大学）是依托三峡区域，特别是神农架林区丰富的植物和微生物资源优势，凝聚三峡大学生物学、化学、药学、医学、生物化工等多学科高级专门人才而组建的研究与技术开发平台。

实验室下设天然产物化学、活性天然产物的结构改造与修饰、天然产物活性评价与利用、药物制剂工程与工艺等功能平台；拥有天然产物活性先导化合物的发现、活性天然产物结构修饰和生物转化、天然产物的活性评价与开发利用、药物制剂等主要研究团队；主要开展天然抗肿瘤、抗炎、抗病毒等药物研究，调节免疫及代谢等功能食品的研究与开发。

零起步 校院两支持

天然产物研究与利用湖北省重点实验室（三峡大学）成立于2005年，此前三峡大学在天然产物的研究与利用方面一直缺乏规范化的管理与引导。2003年，学校提出了“教学与科研并重”的方针，加上以邹坤教授为主的留学团队的回归，以及近几年来学校教学与科研实力的不断攀升，为实验室的发展提供了条件。2014 年 1 月，我校原化学与生命学院正式更名为生物与制药学院，这也使得实验室更有了其存在的意义。

正所谓“万事开头难”，成立初期，实验室的师资力量十分有限，两三个固定老师很难支撑起实验室的发展。实验室的副主任邓张双教授说道：“一个项目的开展最需要的就是经费支撑。”刚开始成立的实验室几乎是从零起步，科研经费短缺等一系列问题一直阻挠着实验室发展。在学校以及学院各级对实验室的大力支持下，实验室仪器设备的购置和科学研究运行、管理方面都有了很大改善。同时，在邹坤主任的亲自带领下，实验室获得了多项国家自然基金，带动了我校天然产物研究与利用的发展。加上包括汪鋆植教授、邓张双教授在内的管理队伍不断壮大和研究人员的共同努力，实验室工作步入正轨。

一直以来，实验室坚持“开放、合作、凝练、提高”的工作方针，目标是建设和谐实验室，构建科研团队，凝练研究方向，承担重大科研项目，冲刺高水平科研成果，培养高层次人才，为地方经济服务。为实现这个目标，实验室一直齐心协力，不断求索进取。一个“零起步”的团队正在以飞快的速度向更远处迈进。

正成长　教研双不误

2008 年，天然产物研究与利用湖北省重点实验室（三峡大学）通过了湖北省教育厅验收并挂牌运行。依托实验室，2011 年还组建了湖北省土家族医药研究所（湖北省民族宗教事务委员会）。

在实验室正式挂牌运行之前，实验室主任邹坤教授的《三峡区域药用植物中活性先导化合物的发现》项目在 2007 年就获得了湖北省自然科学基金，大大推动了实验室的发展。

实验室通过“楚天学者计划”和三峡大学“151”人才计划，引进、培育并构建了一支年龄层次和知识结构合理的高素质人才队伍。其研究方向主要包括：新型生物活性先导化合物的分离、鉴定；天然产物全合成、化学修饰和生物转化；生物活性评价及机理研究；药源植物内生菌研究。

随着实验室的不断发展，其知名度也在不断提高，不仅得到了各级领导的关怀和大力支持，还促使越来越多的本科生报考实验室的研究生。今年保研成功的生物与制药学院学生郑菊艳说：“能够进入实验室学习是我们很多同学都向往的，实验室的研究生们都希望在实验室学习和充实自己，我当然也很期待接下来的研究生学习。”实验室在2008年至2013年经过了一个飞速发展的时期，在这期间，又取得了一些标志性的成果，承担国家自然科学基金项目高达10余项，获国家发明专利授权多项。固定老师增加到11人，在读研究生达33人。

“实验室的导师对我们很严格，在实验室的日子我觉得非常充实，自己也有了更大的进步。”研究生二年级的胡芳这样说道。作为研究生会主席，胡芳大部分时间都忙于学生工作，但是她认为在实验室的学习更教会了她坚持与实践的可贵。作为实验室的一员，每一位研究生都在努力进取，争取在高水平的研究平台中不断探索发展。

展未来 合作促发展

实验室以三峡区域（特别是神农架林区）特色土家族民间药用植物及内生真菌为研究对象，以生物学、化学和药学等学科理论为基础，形成天然产物合理开发利用的技术体系，旨在获得抗肿瘤、抗病毒和抗炎活性先导化合物并将其开发为药用、兽用、日用等功能产品，以求在不断进取中寻求创新。

当谈到实验室未来的发展规划和目标时，邓张双教授说："竞争是推动实验室不断发展的关键，这不仅有自身激励还有外部激励。现在的实验室在不断突破中发展，我们要努力将天然产物研究与利用湖北省重点实验室打造成在国内领先、在全国知名的主要研究中心。"

实验室十分注重产学研合作，积极为地方经济服务，连续参加了六届"中国湖北省产学研合作项目洽谈会"，和企业签订合作协议10多项，与三峡区域、神农架林区等地多家企业建立了合作关系，积极利用各自优势，共建研发平台和创新实验室。众多企业在实验室建立了研究基地，如"湖北省校企共建金银花研发中心""枝江酒业发酵实验室""宜昌市康正药业科技创新实验室"等。实验室还与安琪集团、稻花香酒业、枝江酒业、别派生物科技有限公司、宜昌清江药谷科技有限公司等企业进行了广泛的合作，开发了开口箭精制饮片、海棠速溶茶系列产品。

实验室在不断借助宜昌本地优势与地方企业密切合作的同时，也借助邻近神农架的区域优势，共同推动地方企业的发展，积极响应学校提出的"双服务"的号召。虽然实验室目前处在一个良好的发展状态，但是实验室研究成果的提高与研究人员减少之间的矛盾还是不容小觑，为解决这个问题，实验室还需付出更多的努力，开展进一步的改革创新。

近10年的艰辛发展之路为实验室积累了丰富经验，在未来的道路上，天然产物研究与利用实验室将会实现更快的发展，拥有更强的实力，登上更高的台阶！

（本文发表于2014年6月20日《三峡大学报》2版）

走卓越科研路　做踏实科研人

——记三峡大学旅游管理系阚如良教授科研团队

杨小平

阚如良，三峡大学旅游管理学科学术带头人、教授，三峡大学经济与管理学院旅游管理系主任，长江三峡旅游发展研究中心主任，美国孟菲斯大学亚洲研究中心客座教授，国家旅游局中国旅游研究院专家库专家，湖北省委省政府科研成果奖获奖专家；主持完成的多项规划报告被政府部门采纳，规划建设的多个景区成为宜昌旅游的新亮点，技术援助的乡村旅游点成为致富百姓的金饭碗，10 多项成果获得省部级奖励。

2013 年 1 月 16 日，国家旅游局在京为 2012 年新评定的国家 5A 级旅游景区授牌，长阳清江画廊旅游度假区榜上有名，宜昌因拥有 3 家 5A 级景区而位居全国地级市之首。时任清江画廊公司总经理的毛兴华向远在美国孟菲斯大学访学的阚如良教授传递佳信并致以谢意。在清江画廊创建国家 5A 级景区的全过程中，阚如良担任课题组组长，为其成功创建发挥了不可或缺的关键作用。

2004 年 2 月，阚如良从宜昌市旅游局被引进到三峡大学，转为学者身份致力于旅游科学研究与人才培养。经过十年的探索与发展，以阚如良为学科带头人的三峡大学旅游科研团队，在服务宜昌文化旅游千亿产业的实践过程中，逐步形成了以项目为服务纽带、高校为科技支撑、行业为成果转化基地的政企校合作机制，在“一城两江谋突破”“文旅互动促转型”“乡村旅游富百姓”三大领域产生了良好的社会反响和品牌效应。

放眼长远　一城两江谋突破

宜昌旅游依托长江三峡品牌起步与成长，但其发展不能过分依赖三峡品牌，其布局不能仅局限于三峡区域。宜昌旅游既要打三峡牌，更要走自己路，宜昌要与三峡、清江“一城两江”联动发展谋突破。在阚如良主持完成的《宜昌市生态文化旅游发展规划》成果中，明确提出“依托三峡旅游核心品牌，整合旅游资源，优化空间布局，打造旅游精品，壮大产业规模，提高发展质效，把生态文化旅游业培育成为全市国民经济的战略性支柱产业”。

长江三峡是湖北省和重庆市共享的国际旅游品牌，借助宜昌独享的三峡大坝品牌和三峡库区后续规划机遇，三峡大学积极参与编制《湖北省长江三峡旅游目的地发展与控制性规划》并荣获湖北省政府颁发的湖北发展研究奖二等奖；承担湖北省旅游局委托的《湖北省三峡库区后续旅游发展研究》荣获省政府颁发的湖北发展研究奖三等奖和省委表彰的湖北优秀调研成果三等奖；主持完成的《近十年长江三峡旅游业发展研究报告》荣获2012年度国家旅游局优秀旅游学术成果奖三等奖；主持湖北省社会科学基金项目《鄂渝长江三峡旅游资源整合与合作体制研究》并结题获评“优秀”。阚如良在牵头主持这些三峡旅游课题的研究过程中，先后提出“三峡旅游重心东移”“三峡旅游和谐发展”“旅游对口支援移民”“大三峡旅游圈构建”“鄂渝合作同建三峡品牌”“三峡库区旅游主体功能区建设”“宜昌三峡国际旅游目的地城市建设”等成果，既促进了三峡旅游品质提升，又促进了宜昌三峡旅游联袂发展。

宜昌旅游在相当长的一段时期内，忽视了宜昌城市对区域旅游的支撑作用，造成宜昌中心城区旅游“空心化”。借鉴国内外著名旅游目的地发展的经验，阚如良团队先后编制完成《点军区旅游发展规划》《西陵区旅游服务业发展规划》和《宜昌市旅游业发展“十二五”规划》，明确提出要像抓城市经济一样抓城市旅游，把新城规划建设、文化产业和旅游开发三者有机结合起来，进一步强化宜昌作为三峡旅游的重要增长极和鄂西生态文化旅游圈核心城市的作用。同时还提出要着力谋划宜昌三峡国家级旅游度假区，整体打造成为峡、坝、景、城融为一体的国家级旅游度假区。该规划成果内容被宜昌市委、市政府出台的《关于加快旅游业转型升级建设三峡国际旅游目的地城市的决定》采纳。2014 年 3 月 19 日，宜昌三峡旅游新区建设推进办公室（管委会筹备组）正式成立，标志着宜昌城市旅游迈上新台阶。

清江是湖北省境内长江的第二大支流，也是流经武陵民族地区的母亲河。阚如良曾分别在《社会科学家》《特区经济》《生产力研究》等核心期刊上发表题为“三峡 · 大坝 · 清江旅游联动发展战略初探”“长江三峡 · 清江水利旅游开发研究”“湖北省清江流域旅游规划研究”等研究成果，从理论上探索清江与三峡旅游的联动发展。2011 年，在完成清江画廊创建 5A 级景区申报方案的基础上，他应邀承担《清江画廊旅游总体规划暨重点区域（线路）控制性规划》，这是湖北省确定重点规划建设的鄂西生态文化旅游圈十大核心景区之一。所提交的“核心景区 + 旅游城镇 + 景观廊道”三位一体规划成果体系先后通过了宜昌市和省发改委的两级评审，获得湖北省发展战略规划办公室以及宜昌市、恩施州鄂西生态文化旅游圈办公室的高度评价，成为指导湖北清江流域旅游突破性发展的行动纲领。

立足文化　文旅互动促转型

阚如良在接受《光明日报》记者采访时说："文化助推了旅游经济，旅游经济发展又反哺着文化，文化与旅游间形成了良性互动。"在阚如良团队完成的《宜昌市生态文化旅游发展规划》成果中，明确提出要把宜昌建成鄂西渝东区域性科教文化中心、鄂西生态文化旅游综合展示中心，建立健全文化遗产保护、公共文化服务和文化产业发展三大体系，在重点建设宜昌三峡旅游度假区（两坝一峡）的同时，强调文化品牌对旅游业的支撑力，培育屈原故里、昭君故里、清江巴土风情、柴埠溪后河、三国文化、嫘祖故里等六大精品文化旅游区。

旅游形象是一个城市独特文化和资源的精炼，是彰显文化魅力、诠释城市内涵的重要依托。2011 年，阚如良团队以《研究专报》的名义提交了"宜昌市旅游形象策划建议案"，并通过三峡晚报、三峡新闻网等媒体报道引发广泛的热议。建议案系统梳理了宜昌特有的文化基因，把宜昌独有的地脉、文脉与商脉进行对接，归纳提炼出宜昌市独特的文化内涵——"大爱"，并提出"壮美三峡·大爱宜昌"的全新旅游形象。在此建议的推动下，宜昌市于 2012 年 5 月正式启用"爱上宜昌"旅游形象营销。

现在的文化遗产是祖先留给我们的，我们要倍加保护，那么我们能否创造一份属于当代人留给后代人的文化遗产呢？阚如良教授在《人文地理》发表的《基于未来遗产说的三峡工程旅游发展研究》论文给出了肯定答案。他创新性地提出了"未来遗产说"，并运用于三峡工程遗产旅游开发的实践中，为三峡工程旅游升级和发展提供了一条新思路。非物质文化遗产是亟待旅游开发的瑰宝，阚如良一方面深入理论研究，先后在《光明日报》刊发《文旅互动让鲜活非遗焕发生机》《非物质文化遗产旅游开发的人本范式》等理论文章，其课题“非物质文化遗产保护传承与旅游开发的互动研究”获得2012年度国家社会科学基金资助。另一方面，他还积极深入实践，指导培植一批企业进行文化旅游开发，取得重大成效，点军车溪、三峡步步升便是典型案例，车溪民俗风景区成功建成国家4A级旅游景区，三峡步步升文化村成为湖北省文化产业示范基地和妇女创业就业示范基地。

鄂西生态文化旅游圈是湖北省推进“两圈一带”发展战略的重要内容，近年来在核心景区、旅游名镇名村、交通廊道建设等方面取得突破性进展，但特色文化产业化仍是短板。为此，湖北省把历史文化名人产业化项目作为今年鄂西圈建设的重点工作之一。阚如良团队承担完成的屈原和王昭君两个名人文化产业化项目策划方案，在鄂西十大历史名人项目方案的评比中，分别位列前两名。以和美文化为内涵的昭君文化旅游区成为长江三峡、神农架的重要景区，以屈原浪漫文化为主题策划的香草园产业化项目助力秭归芝兰谷景区建设。正如芝兰谷公司董事长陈爱华所言：“三峡大学的屈原浪漫文化策划太及时了，给我们景区注入了灵魂。”

深入基层　乡村旅游富百姓

乡村旅游是丰富旅游产品、扩大旅游消费的有效途径，是旅游服务新农村建设、以旅助农促农的重要举措，对于统筹城乡发展、壮大旅游产业具有重要意义。阚如良团队承担完成的《宜昌市乡村旅游发展规划》明确指出，宜昌市发展乡村旅游要走“大农业”与“大旅游”相结合的路子，依托“库区、山区、平原”三大特色乡村旅游资源，突出“乡村观光 + 生态休闲 + 文化体验 = 绿色度假”

乡村旅游特色。在理论研究上，撰文专题探讨了“旅游业促进新农村建设的作用与对策”；在具体实践中，通过技术援助枝江市秦家塝村、秭归县九畹溪村、五峰县栗子坪村等，探索形成了乡村旅游破解“三农”问题的有效路径，使乡村旅游成为当地居民就地就业致富的重要产业。

随着农家乐的“井喷”式开发，宜昌农家乐面临着同质化的问题，绝大多数农家乐不过是机械地将城里的餐馆和棋牌室“嫁接”到青山绿水之间，脱不了“吃点腊肉，搓几圈麻将”的老套路。桥边水乡项目所在地原本是一片挖沙遗留的废弃地，经过阚如良团队的精心策划，已经成了一个具有“农的味道、家的服务，乐的体验”的生态休闲农庄。

结合湖北省新农村建设对口帮扶和“三万”活动，三峡大学安排专项经费，指派阚如良团队编制《秭归县九畹溪旅游名镇总体规划》和《五峰栗子坪村旅游发展规划》。其中九畹溪成功实现了从漂流景区向漂流探险和水上观光产品的齐头并进，沿线百姓依托景区开餐馆、卖农副产品，为漂流提供配套服务，增加额外收入，有力地带动九畹溪乡村经济发展，成为旅游促进库区移民安稳致富的国家典范。栗子坪村是五峰较为偏远的贫困乡村，目前经济收入主要来源于传统农牧林业，是典型山区农业经济。目前课题组正深入开展调研，谋划特色乡村旅游发展突破口，探索农业产业化、村庄景观化、旅游特色化的国家农业公园开发与管理模式，策划塑造最富有土家村落意境的“吊楼十二寨”品牌，力争成为又一个乡村旅游富百姓的杰作。

（本文发表于2014年9月20日《三峡大学报》2版）

沉潜　让科研之舟扬帆起航

——记我校“潜航器高压直流馈电系统”研发团队

袁丹丹　宋竞阳

2015 年，由我校电气与新能源学院与中船重工集团公司第 710 研究所合作研发的潜航器高压直流馈电系统圆满完成交接，开创了国际国内深水电力传输的先河，为 ROV 进一步迈向深海打开了大门。

凝心聚力苦钻研

潜航器高压直流馈电系统研发团队由电气与新能源学院王归新、解立辉、胡绍新三位老师和学院研究生组成。两年多的时间里，三位老师始终以科学严谨的态度和坚持不懈的精神，带领团队的研究生们奔跑在时间的前面。

走进该团队的工作室，一条醒目的标语呈现在记者眼前：没有验证的知识是肤浅的理解，不懂原理的实验是无知的蛮干。这句出自王归新老师的口号现已成为工作室所有成员的科研准则。在整个研发过程中，三位指导老师负责宏观规划和整体把关，研究生们则具体进行变压器的制作、水面高压直流柜的设计、器件的布局和安装以及各种测试。为了保证实验过程中的每一个细节都无分毫之失，研究生们常常反复地进行各项调试直至深夜。实验室里的白炽灯下时常是他们专注的身影，往返于学校和宜都市的工件厂之间也成了他们工作的常态。甚至在周末或节假日，他们也大都是和满屋子的实验设备一起度过的。2014 年寒假，实验室所有成员一直工作到春节前夕才放假，正月初六又立即返校，全身心投入到实验之中。从监控、测试、操作到控制电源，他们每一个人都秉承极其严谨的态度坚守在自己的岗位上。

对于参与到该项目中来的研究生，王老师给予了高度评价："研究生的全员参与为这一团队注入了新的活力，激发了新的想法和灵感。"参与该项目系统研发的研究生方鑫说："通过亲手制作所需的电路元件，从最初的空有理论知识到如今对于实际操作流程的熟悉和了解，提高了我们发现问题、解决问题以及理论联系实际的能力。"

克难攻坚显成效

在两年的探索过程中，困难从未间断，而研发团队的所有成员也从未妥协。如同攀岩，踩向每一块更高的岩石都需面临巨大的挑战并经受意志的磨练。

据王老师介绍，采用高压直流传输方案的技术难度表现在两个方面。一是水面高压直流柜，在高压直流传输中，高压绝缘将显现在变换器、变压器、系统控制等多个部件上，相关元部件容量与耐压要求的矛盾不易解决，设计制作工艺也比较特殊。二是水下能源舱，它是处于深海中的一个独立的密封舱部件，对其体积、重量、形状、电磁兼容、内部元器件的耐压性等方面的要求都非常高。

研发初期，由于对散热问题的处理存在漏洞，导致第一次系统研发制作未达到预期效果。但是团队成员迎难而上，重新进行结构设计并反复实验，终于攻克散热这一技术难题。尽管电气与新能源学院有着极优良的科研条件，但该项目对实验器材的特殊要求还是给师生们带来很大困扰。由于找不到合适的容器来对产品进行水冷，老师们就从自家带来木桶配合实验。由于项目性能指标要求属于非标，几乎没有标准的元部件可以使用，研究生们就经过反复试制自主设计出最为可靠的元部件。除此之外，这一系统是在深水区工作的，对深水高压环境的模拟成了另一大挑战。由于学校的实验室不能达到这一要求，团队成员积极联系校外的厂家，借用他们的实压车间来模拟深海高压环境，保证了实验的顺利进行。

创新之路结硕果

由于此项目在国际国内都属于首创，没有先例进行对照参考研究，研发团队凭借他们深厚的理论素养和技术功底论证了项目的技术可行性。同时，在具体的实验过程中对测试结果进行反复推敲和思考，为项目研发中存在的实际问题寻求到最优的解决策略。

潜航器高压直流馈电系统的作用是将岸舰电源通过长长的脐带电缆传输到水下，再在水下将高压直流变换成低压直流供给潜航器各部分使用。这一系统克服了以往交流传输方式电缆工作环境恶劣、传输效率低、谐波畸变率高的种种弊端，具有传输距离远、传输效率高、水下打捞器运行稳定等诸多优点，开启了迈向深海作业的大门。总的来说，潜航器高压直流馈电系统的技术创新之处主要表现在以下几个方面：首先，该项目的 4KV 技术指标要求，在电力电子技术领域已属于非常高的电压等级，但又远低于电力系统的几百千伏电压等级；传输的功率要求又远低于一般电力系统部件。所以，几乎没有标准的元部件可以使用，所有的电力变换元、部件都是经过特殊设计和特殊定制的。其次，采用当今国际顶级元器件，提高了水下变化部分的可靠性。因为该系统应用的场合非常苛刻，常规的技术方案在体积、重量、散热、电磁兼容等方面很难做到协调一致并满足性能指标要求。所以，该项目采用国际顶尖半导体技术元器件来满足特殊技术方案的要求。此外，水下密封舱在相对苛严的设计条件下，经过高强度的耐压透水实验和电气结构的反复修改，最终达到了电气性能与机械机构的和谐统一。

任何科研成果都不是一蹴而就的，一定要在不断的改革与创新中推动发展。王归新老师在采访结束时说：“目前这个项目已经得到发明专利和新型专利授权，并可以在军工企业、中石油、中石化及与海洋有关的企业中得以推广。不过它仍有进一步改进的余地，比如可以使其水上体积更小、水下重量更轻等，对此我们也已有成熟的想法。相信在团队成员的共同努力下，我们定能实现新的突破。”

（本文发表于2015年10月15日《三峡大学报》2版）